# 人生小舞台

李进章
/ 著

天津出版传媒集团
百花文艺出版社

图书在版编目（CIP）数据

人生小舞台 / 李进章著 . -- 天津：百花文艺出版社，2023.1
ISBN 978-7-5306-8429-0

Ⅰ. ①人… Ⅱ. ①李… Ⅲ. ①散文集—中国—当代 Ⅳ. ① I267

中国版本图书馆 CIP 数据核字（2022）第 255981 号

**人生小舞台**
RENSHENG XIAOWUTAI
李进章　著

**出 版 人**：薛印胜
**特约策划**：凌　翔
**责任编辑**：宋春悦
**出版发行**：百花文艺出版社
**地址**：天津市和平区西康路 35 号　**邮编**：300051
**电话传真**：+86-22-23332651（发行部）
+86-22-23332656（总编室）
+86-22-23332478（邮购部）
**网址**：http://www.baihuawenyi.com
**印刷**：三河市金元印装有限公司
**开本**：710 毫米 ×1000 毫米　1/16
**字数**：200 千字
**印张**：13
**版次**：2023 年 1 月第 1 版
**印次**：2023 年 1 月第 1 次印刷
**定价**：59.80 元

如有印装质量问题，请与三河市金元印装有限公司联系调换
地址：河北省廊坊市三河市杨庄镇杨庄村金元印装有限公司
电话：（0316）3650243　邮编：065200

# 自序

（一）

给自己的散文随笔集写序，心里总有几分忐忑与惶恐。

老家有句俗话："庄稼是别人的好，孩子是自家的好。"

结集出版的这本散文随笔集，是我2011年退休之后的第二年，即时隔40多年重返文学创作之旅以来，出版的第五部文学作品，也是我成为河北省作家协会会员之后的第四本散文随笔集。

这部书是从我近8年创作的200多篇散文和随笔中，精心挑选出的26篇结集而成，这些散文和随笔，均原创发表于《老人世界》《公民与法治》《荷花淀》《衡水文学》《安平文学》及《燕赵晚报》《保定日报》《衡水晚报》等报刊，还有一些发表在微信公众平台上，这些文章凝聚着我的心血与汗水，就像我自己的孩子。对自己的孩子，往好里说，难脱自吹之咎；往不好里说，又不忍抹黑。左思右想，还是少说为佳，留给亲爱的读者去评说吧！

一本书问世，倘若读者能够安静地读完它，即是好书；倘若能够复读，则是上品；倘若十年八载之后还能重读，那就不啻为精品了。然而在当今社会，这样的书委实少得可怜。

我无法预测我的散文随笔集《人生小舞台》的命运。

## （二）

这本书的名字，让我颇费了一番周折，一开始想叫《一枝一叶总关情》，觉得俗气了一些，后来又想了几个，都不太理想。为此，也曾请教几位知心好友，但总是觉得不十分如意。后来，我在校对另一本书稿时，被其中的一篇散文的题目《小舞台，大梦想》触发了灵感。是啊，如果把社会比作一个大舞台，那么人生不就是一个小舞台吗?《人生小舞台》，书名就是它了。

或许对于任何人来说，人生都是一个或大或小的舞台。虽然站在社会的立场看，有的人是光芒四射的主角，有的人是绿叶衬红花的配角，有的人则只是默默无闻地跑龙套。但是站在人生的立场上，每个人都应该是举足轻重的主演。站在社会的立场，不管是主角、配角，还是跑龙套，都应该认真演绎好自己的角色。

在人生这个小舞台上，我已经走过了七十年历程。

七十年来，我站在人生的舞台上，用心、用情、用道德、用良知、用人性，把握住自己角色的灵魂和精髓，全身心地投入，演好属于自己的这场人生大戏。

在这个小舞台上，我曾扮演过很多个角色：学生、公社协助员、民办教师、恢复高考后的第一届大学生、高校教师、系副主任、中专学校校长、地方立法工作者……

在这个小舞台上，我也曾获得过诸多荣誉：衡水地区（市）第一次文教战线先代会优秀教师（并作大会典型发言），河北省优秀教师，司法部集体一等功、个人二等功各一次，河北省委表彰的思想政治工作先进个人。也曾创造过连续七年年度考核优秀（在两个不同单位）、晋升两级工资的优秀业绩……

在这个小舞台上，我如愿实现了少时或青年时的梦想，成为十年“文革”后的第一届大学生，光荣地加入了中国共产党，实现了与京剧名角同台演唱的愿望，特别是“少时梦想老来圆”，幸运地成为河北省作家协会会员……

人生像是一场戏，落幕之后，我们重新走到舞台上，虽然台下的观众已经离开，台上的灯光也不再辉煌，但是当我们回想演出的那一刻，曾经获得满场观众的掌声与赞叹，在剧终人散的静寂中，总夹杂着一份满足的欣喜。人生就是如此，掌声如雷的巅峰时期总会随风而逝，但是能在暮年回忆光彩的过去，何尝没有一分别样的美感。

## （三）

文学创作之于我，是童年时的梦想，青年时的实践，中年、壮年时刻意“禁锢”与“回避”的“洪水猛兽”。因为，作为一名大学教师，要著书立说，评聘职称；当了中专学校校长，要关心教职工生活，努力做好教学行政工作；作为地方立法工作者，要精通立法理论与业务知识，努力使自己成为一名优秀的“立法工匠”。这一切，都要求我必须远离文学创作，否则就干不好主业，就是“不务正业”。离开文学创作园地四十多年，我甚至怀疑，自己像一只久困在笼中的鸟儿，已经丧失了在文学创作这片天空里飞翔的能力。

## （四）

2012年，我尝试着重新捡拾起年少时的文学之梦。

这时候的我，已经把党和人民交给我的所有的工作和任务，都交给了后继者。无官一身轻，无欲无求，无忧无怖。

人到无求品自高。此时，写作对我来说，已没有了功利思想，有的只是兴趣与爱好，这一点，我非常自信。

我开始踏进文学的圣地，小心翼翼地行走在文学创作的道路上，我常常站在僻静的边缘，目视远方，静观文坛的风云变幻。

作为一名业余作者，我没有写作任务的压力，也没有条条框框的拘束，想写了，写几笔，不想写了，自有别的事情等着我去做。这种创作心境犹如柳永所说的“芳心是事可可”，是一种自由情怀，放松状态。我手写我心，我心天然，写出文章也是天然去雕饰。这样一来，我的不看市场的眼色写文章，我的不畏文体操作的难度写文章，我的随心所欲写文章，共同构成了我文章的特色，这就是本真天然。从个人生活的角度论文章，何妨借用一下苏东坡的名句喻之：“人间有味是清欢”。

## （五）

我最喜欢的文体是散文。

散文是一种不拘一格的文体，散文能让自己视野开阔，襟怀浩荡起来，也能让自己情感细密，对事物洞察入微。也许是对大千世界怀有一种探寻者的期待吧，我对生活与生命会多一些感恩和感悟，这一点，我是坚信不疑的。

作家的写作离不开他所经历的生活，以及闻听过、思考过的人生。有生活才有经历，有经历才有感受，有感受才有表达的冲动，有冲动才有最终的纸端文字。

我很庆幸，自从致力于散文写作后，逐渐被一些读者认识和认可。我虽然没预料到自己的作品会受到读者的青睐，但我敢肯定，读者接受的一定是我作品中所表达的真情实感。一篇优秀的散文作品，绝不仅仅在于文字的优美，最重要的是要有独到的思想性、艺术性和现实性。读者通过作家的作品能了解到历史文化，看到时代变迁，听到作家心声，领略作品的美妙，这才是散文不同于其他文字的独特之处。

## （六）

古人云："言之无文，行而不远。"本书共收入22篇散文和4篇随笔，分为五辑，分别是：人生修炼、圆梦今生、大爱无疆、江山多娇和浮光掠影。

千锤百炼一辑，收入5篇散文，包括《延安，我把你追寻》《入党，新的使命和责任》《我与祖国共成长》《拒绝的技巧》《一件小事励后生》等5篇散文。人生其实是一场修炼，修的就是一颗心。心柔顺了，一切就完美了；心清净了，处境就美好了；心快乐了，人生就幸福了。通过到革命圣地参观，接受革命传统教育和洗礼，从而不断升华自己的思想境界。经过党组织的严格考验，我终于成为一名光荣的共产党员，与共和国一起走过光辉岁月，我们这一代人既是改革的受益者，也是改革的参与者、奉献者。

经过党组织几十年的教诲，经过自身的不断修炼，我把对党忠诚、为党分忧、为党尽职、为民造福作为根本的政治担当，永葆共产党员的政治本色，自觉抵制各种不正之风的侵袭，更加堂堂正正做人，清清白白做事。

圆梦今生一辑，包括《圆我大学求知梦》《圆我京剧舞台梦》《圆我少时作家梦》等3篇散文。深情地叙述了自己是如何实现上大学、站上京剧舞台、成为河北省作家协会会员等一系列梦想的。

大爱无疆一辑，包括《寻找失踪大学生》《一封"遗书"藏秘密》《为了留住同学的生命》等3篇纪实性散文。其中前2篇是叙述师生之间的深厚情谊的，记述我作为大学系副主任，所亲力亲为的两件"急难险重"事件，展现了作为一名党员领导干部应有的责任担当，作为一名优秀教师对学生慈父般浓浓的爱。最后一篇是讴歌同学情谊的，当同学处于生命危急的时刻，为了留住他年轻的生命，同学们义无反顾地做了爱的奉献。

江山多娇一辑，包括《北京世园会掠影》《感受故宫》《美丽乡村大激店》《鼓浪屿印象》《难忘那年登泰山》《再会岳阳楼》《水天一色青海湖》《"天空之镜"茶卡盐湖》《船行漓江画中游》《竹筏漂流遇龙河》《贡院乡试"中状元"》等11篇游记散文。我平生喜欢做的事，除了写作，还有旅行。旅行，是心灵的放逐，也是行走的阅读，如要不枉此生，不但要读万卷书，还要行万里路。当书中的文字与旅途的景观在作者的生命里不期而遇时，那感觉妙不可言。"纸上得来终觉浅，绝知此事要躬行"，旅行，能给予我很多书本以外的收获。若再用自己的文字将美丽的旅途定格收藏，那便是永远的财富，值得一生回味。

浮光掠影一辑，包括《不断增强"四力"，妙笔书写新时代》《哭泣的共享单车》《正是读写好时光》《守望相助是一种情怀》等4篇随笔。随笔亦称杂文，属散文类，兼具议论和抒情两种特性。以随笔抒发个人情感，是许多文学创作者随手拈来的表达方式。随笔，可以用各种修辞手法传达自己的见解和情感，语言灵动，婉而多讽，是过去社会、当今社会抑或未来社会都会流行的一种文体。

## （七）

我一直以为，写好散文，离不开三个字：情、知、文。情，即写作者真诚的态度、真挚的情感、真实的描述，情，和真连在一起；知，即智慧、知识、写作者对所表达事物的独特见解；文，即文采，就是写作者驾驭文字和谋篇布局的能力，也就是文章的形态。我一直朝着这个方向努力，但做得还很不够。

我很欣赏一位散文家的写作心得。他说："小说是从别人那里折一段绿枝，插在自己的心上，散文则是从自己心里钻出的嫩芽，只是不知道种子是什么时候种在了心上，哪一天才能发芽。"原则上说，散文的创作达到了一定境界，读者读起来才有滋味。这其中涵盖着作品的思想性、语言的艺术性以及文学的审美性。我的散文当然没达到读者所期望的深刻思想性、语言艺术性、文学审美性，但字里行间流露出的却是我内心的真实感受。

## （八）

本书的散文大多数是叙事散文，是用普通人的眼光去观察所看到、听到、遇到的人和事，用朴实的语言去叙述、分析、判断。只为让读者阅读后了解现象，并不图读者定要认同笔者的观点。只要能由此引发读者的思考，已是笔者初衷。

关注生活、记录人生，尽管自己的文笔还算流畅，描述也还清晰，但涉及人性的描述、情感的抒发，因笔力不逮，刻画不深，所写散文阅读性尚可，思想性略感不足。

最后，借用《非诚勿扰》主持人孟非在他的那本《随遇而安》的自序上说过的一句话结尾：

——“如果有人肯读完它并由衷地认为很有意思，我只能认为：这是一个奇迹。”

是为序。

# 目　录

## 第四辑　江山多娇



## 第五辑　浮光掠影

# 第一辑　人生修炼

# 延安，我把你追寻

初识延安，是在父亲的诉说里，在中学课本里，在神秘的电影故事里。说它神秘，是因为先辈们在那里创造了一段神话般的历史。有人说历史是胜利者的故事，而延安历史的真实和本来面貌让世界为之震撼。

我小时候，父亲就经常跟我说起延安。我父亲 1938 年参加八路军，是 120 师 358 旅的一名战士。他给我讲的最多的是延安保卫战、大生产运动。他也是在延安学会了纺线、织布……每一次提到延安，父亲眼睛里总会流露出异样的光彩。

我在读初中的时候，学习了贺敬之的长诗《回延安》，我至今还会背诵其中的几个段落："心口呀莫要这么厉害地跳，灰尘呀莫把我眼睛挡住了……手抓黄土我不放，紧紧儿贴在心窝上。几回回梦里回延安，双手搂定宝塔山。千声万声呼唤你——母亲延安就在这里！"

伟大的诗人都是语言的巨人，贺敬之诗中热情歌颂的延安，是那么神圣。滚滚延河水，巍巍宝塔山，小米稀饭南瓜汤，窑洞土炕大红枣，黄土高坡信天游……这就是延安，却不是全部的延安。

盼望着，盼望着，我一直盼望有朝一日能够带着父亲的遗愿，走进延安，再读那段彪炳千秋的厚重历史……

2008 年 7 月 23 日，我终于有机会来到了延安。

延安位于陕西省北部，地处黄河中游，黄土高原的中南地区。北连榆林，南接关中咸阳、铜川、渭南三市，东隔黄河与山西临汾、吕梁相望，西邻甘肃庆阳。被誉为“三秦锁钥，五路襟喉”。

延安古称肤施、延州，是中华民族重要的发祥地，人文始祖黄帝曾居住在这一带，是中华民族始祖黄帝的陵寝——黄帝陵所在地，是民族圣地、中国革命圣地，还是国务院首批公布的国家历史文化名城。

范仲淹曾写过一阕《渔家傲·秋思》：“塞下秋来风景异，衡阳雁去无留意。四面边声连角起，千嶂里，长烟落日孤城闭。浊酒一杯家万里，燕然未勒归无计。羌管悠悠霜满地，人不寐，将军白发征夫泪。”这首词境界极其凄凉、惆怅、孤单和压抑，其中“落日孤城闭”的“孤城”，指的就是延安。

如今羌管已不复存在，胡风边月依旧，尤其延安的夜空比较大城市要少了一份浊气烟尘污染，要清澈许多。白天天空湛蓝，夜晚的星空是立体的，繁星满天，看上去晶莹明亮。这个“长烟”，在宋代估计是烽火狼烟。现在也有长烟，夕阳斜照，烟尘滚滚，直冲霄汉。到了晚上火焰通红，蔚为壮观，但是已经与战争无关。现在的延安以及榆林神木地区，以盛产优质煤、天然气和石油三种自然资源而著名。

来到延安，我首先奔向南泥湾，我有一个小私心：当年 359 旅在此开荒种地，我父亲所在的 358 旅会不会也在这里驻扎过呢？

南泥湾位于延安城东南 45 公里处的一条狭窄溪谷，此地野兽出没，杳无人烟。因此，垦荒南泥湾，是一个悲壮又令人产生革命浪漫主义情怀，从而心情振奋的故事。

南泥湾大生产运动展览馆坐北朝南，面积只有四间屋子大小，有一些实物和图片，介绍了当年南泥湾大生产的经过。见我们只有几个人，展览馆里那位穿军装的中年人说：“你们随便看好了。”看样子，他好像是这里的负责人，我便向他打听道：“当年 358 旅是否也在南泥湾呢？”他摇摇头说：“358 旅不在这里，他们当时在富县。”接着他反问我说：“你为啥这么关心这件事情呢？”我回答道：“我父亲和我一位堂叔，当年都曾在 358 旅当兵。”他听说后，眼神里流露出钦敬的表情。

第二天，在阳光明媚的上午，我们参观了延安革命纪念馆（当时仍为原馆，现已拆除建设新馆，故设计布局与今不同，编者注）。

延安革命纪念馆位于延安城北 1 公里处，背靠垴畔山，面对延河水。纪念馆正面墙上是革命圣地——延安的大型浮雕。顶部有十三枚勋章，象征老一辈革命家在延安创下的丰功伟业，如日月经天，光辉华夏。红色大理石地面，寓意中国共产党人在这里进行过一场改天换地、扭转乾坤的红色革命。左、右两幅浮雕，形象地展现了以延安为中心的陕甘宁边区既是红军万里长征的落脚点，又是抗日民族斗争的出发点。

纪念馆内的陈列室建筑面积有 5000 多平方米，陈列面积达 3000 多平方米。陈列内容依历史顺序和专题分单元展出，有历史照片和各类文物。这些照片和文物生动形象地反映了延安时期的斗争史，使已逝的历史画卷得到了重新展现。置身其中，仿佛把人们又带回那个令人难忘的火红岁月。

纪念馆里，展出了红军长征时吃剩下的半根皮带，比起长征时艰苦的生活，落脚的延安真是人间天堂了。延安不仅在物质上滋养了红军，更在思想上给中国革命留下了宝贵的财富。

参观完纪念馆，我们来到了杨家岭。杨家岭是毛泽东、朱德等中共中央领导在1938年11月至1947年3月期间的住处。现在主要有党的七大的会址、延安文艺座谈会会址两处可供参观。在会址后面的小山坡上，散落着一排窑洞，这就是老一辈无产阶级革命家们当年的住所。

在杨家岭革命旧址中，有一座中西合璧的建筑物——中央大礼堂。1945年4月23日至6月11日，中国共产党第七次全国代表大会在这里召开。党的七大为党领导人民争取抗日战争的胜利和新民主主义革命在全国的胜利，奠定了政治上、思想上和组织上的深厚基础。

参观了杨家岭，我们来到了著名的枣园旧址。枣园曾经是中共中央书记处所在地，位于延安市城西北8公里处。枣园原是一个地主的庄园，中共中央进驻延安后，为中央社会部驻地，被改名为“延园”。

后来，中共中央书记处也由杨家岭迁驻此地。

1947年中共中央撤离延安后，国民党军队对延安进行了毁灭性破坏，枣园也遭到严重损坏。

当西斜的阳光梦幻般地照在巍巍宝塔时，我们来到了宝塔山。宝塔山古称嘉岭山，位于延安城东，延河之滨，在山上可以鸟瞰延安整个城区。因山上有塔，故通常称作宝塔山。山上宝塔始建于唐代，现存为明代建筑，平面八角形，9层，高约45米，楼阁式砖塔。

宝塔矗立着，见证了唐宗宋祖的风骚，也亲历了革命的风风雨雨。

宝塔山是革命圣地延安的重要标志和象征。中华人民共和国成立后，国务院将延安宝塔归入第一批全国重点文物保护单位延安革命旧址之中。1953年版第二套人民币2元的正面图案为延安宝塔山。1955年颁授的独立自由勋章，核心图案也是宝塔山。

时间过得真快，到了与延安说再见的时候了，我心中有许多的不舍，禁不住频频回眸。那如今已经成为一种景观的窑洞，那些美丽的糊着白纸的格子窗户、窑洞门前挂着的红辣椒，还有那象征着革命圣地的宝塔，都似有一种暖暖的感动在牵扯着我，让我的心里蓄满一种敬仰的情绪。

亲临延安，我才真正弄懂延安是什么，延安精神是什么。延安是抗日战争与解放战争的重要支点，是全党全军的指路灯，也是中华人民共和国的红色摇篮。延安精神是全心全意为人民服务的精神，是自力更生、艰苦奋斗的精神，是勤俭节约、艰苦朴素的精神，是默默无闻、勇挑重担的骆驼精神。

延安精神是我们党的老一辈无产阶级革命家身体力行、以身作则、团结全党共同创造的财富，体现了我们党与人民同呼吸、共命运的优良作风，体现了中国共产党人一往无前的奋斗精神，无论过去、现在或将来，延安精神都不能丢。延安精神薪火相传，永放光芒，中华民族伟大复兴的中国梦必将变成现实。

# 入党，新的使命和责任

入党记忆对每个人而言是不同的，可能是一片灿烂的星空，可能是一本多彩的画册，也可能是一首成长的歌谣，倾诉着青春的激情和梦想。我的入党记忆，是一段坚定信念的精神成长史……

还记得年少时，“没有共产党，就没有新中国”的歌声时常萦绕耳边，董存瑞、刘胡兰、黄继光……一个个英雄的故事伴随着成长。那时，党好像离我很远，但却使我无限景仰，充满希冀。沐浴着党的阳光雨露，我度过了幸福的童年与少年。

长大以后，对于党的认识不断加深，渴望加入党的意愿日益强烈，但是我入党的过程却并不顺利。

试玉要烧三日满，辨材须待七年期。或许是为了考验我对党的忠诚，从 1970 年第一次写入党申请书，到 1985 年 6 月加入中国共产党，我整整等待了 15 年时间。

参加工作比较早，入党却比较晚，这并不说明我入党决心不坚定，入党动机不纯洁，更不表明我工作学习不努力。恰恰相反，我在思想、学习、工作等方面都表现得很突出，很到位。

在这十几年间，我曾在1975年获得过先进生产者称号，1977年获得衡水地区（市）先进教师荣誉……我迟迟没有入党的原因，归结起来只有一个：好事多磨。

1970年至1976年，我在公社当协助员期间，整个社直单位就发展了一名党员，是我在公社值守分机时的同事靳桂平。她比我到公社要早许多年，又是正式工人，工作踏踏实实，任劳任怨，我无论从哪方面都没有办法与她相比。何况，我刚二十挂零，有的是机会。

1978年至1982年，我在大学读书的四年里，年级108名同学，仅发展了一名同学入党。据说当时教育主管部门有明文规定，大学生中发展党员的比例为百分之一。

1986年，我担任了系副主任、系党总支宣传委员之后才了解到，在大学生中发展党员的比例在逐年提高，到1986年时，已经达到了百分之五左右的比例。

1982年，我大学毕业留校后，系主任任立钧有一次对我说："进章，我记得你入学后写了一份入党申请书，好像交给我了，怎么现在找不见了呢？"我故意开玩笑说："是啊，我从入学到现在，前后写了两次入党申请书，都交给你了。你把我的入党申请书给弄丢了，害得我这么多年都入不了党，这个精神损失可太大了啊！"听了我的话，任立钧主任更加信以为真了，喃喃地说道："糟糕，真是糟糕。不行这样，你再重新写一份。"见他如此认真，我笑着说："任主任，跟你说实话吧，入党申请书我以前是写过，而且不止一次地写过，可是自打上大学之后到现在，我一份也没有写过，你怎么会找得到呢？"任立钧主任这才松了一口气，说："你这么老实的一个孩子，怎么也学会开玩笑了，看把我老头子急得都出了一身冷汗哩。这样吧，你抓紧写一份，准备接受党组织考验。”

在任立钧主任的关心和鼓励下，我郑重地向党组织递交了入党申请书。在申请书里，我深情地抒发了对中国共产党由朴素的感性认识上升到理性认识的过程；表达了自己渴望加入共产党的迫切心情；如实汇报了自己在政治、思想、学习、工作等方面的主要表现情况；表明了今后自己的努力方向以及如何以实际行动争取从思想上入党；等等。从现在来看，这份当年所写的申请书的格式，还是很符合现在的统一格式要求的。

记得递交入党申请书之后，大概过去了两个月时间，系党总支很快就确定由史珈、张一农两位老教师作为我的培养人。他们也是我后来的入党介绍人。

史珈老师原籍重庆市，姐弟二人，一个随父姓，一个随母姓。史珈老师随母姓，姓史；其弟随父姓，姓徐。姐弟二人都是学法律的大学毕业生，其弟曾任西北政法学院（现为西北政法大学）副院长，后调到司法部。

史珈老师是西南政法学院（现为西南政法大学）的高才生，毕业后长期在新疆阿克苏地区从事基层司法工作，具有丰富的实践经验。1983年，她和爱人刘以煜老师一起调来河北财经学院（现合并为河北经贸大学）工作。刘以煜老师分在教务处，她分到了贸经系。

史珈老师那时四十多岁，中等身材，偏胖，乌黑的头发，红润的脸庞，弯弯的柳叶眉，长长的睫毛，一双大眼睛忽闪忽闪的。看的出，她年轻时是一位楚楚动人、漂亮大方的女性。史珈老师性情直率，办事公道正派，雷厉风行，颇具男子汉一般的豪爽之气、泼辣之风。她说话办事喜欢城门洞里扛竹竿——直来直去。她走路的速度很快，就像卷起来一阵风。她说话的速度很快，就像机关枪似的突突地响。

史珈老师是行政管理教研室主任，她对工作特别认真负责，对青年教师既热情指导，又严格要求。在生活上，她无微不至地关心青年人，闲暇时把我们叫到自己家里，她亲自下厨，做拿手的新疆手抓饭或拉条子，那颇具少数民族特色的饭食，味道醇正，吃起来口齿留香，令人难以忘怀。

史珈老师善于交际，是个热心肠的人，也是个场面上的人。1988 年，我们系为全省工商系统举办职称培训班，就是她积极联系争取来的。

史珈老师平时除了经常找我谈心、指出努力方向外，还关心我的工作生活。她知道我家属和孩子的户口问题还没有解决（指由农业户口转为非农业户口），家庭生活比较困难，经常把一些新的或半新的衣服，送给我家属和孩子，有时还送给我一些粮票、布票，以补贴家用。

1986 年，我担任系副主任后，史珈老师带头支持我的工作，鼓励我胆子要放大一些，工作要放得开一些，要不断创新工作思路，一旦她有了新点子、新路子、新办法，便会及时地告诉我。

由于史珈老师“归队”比较晚，没有等到评定副教授，她就到了退休年龄（那时女同志 55 岁退休）。一个既有深厚理论功底、又有丰富实践经验的教师，正当年富力强时，过早地结束了其教师生涯。史珈老师的退休，让全系教职工都替她惋惜，可她却乐呵呵地说：“政策又不是针对我一个人规定的，早退了也好，可以放松一下心情了。”

最近这些年，因为工作变动的原因，我和史珈老师联系得很少。当我的《释怀人生》（上下卷）出版后，我首先想到要给史珈老师送一套去。当我敲开她家的门时，他爱人刘老师悄悄地告诉我，史老师患上了严重的阿尔茨海默症，基本上认不得人了，生活也不能自理。我听了这一番话，心里头感到阵阵悲凉。一个平时大大咧咧、爱说爱笑、性格开朗的人，怎么会得这种病呢？当刘老师把躺在床上休息的史老师唤醒时，就听她说道："老刘，人家来给我拜年了，你快好好招待客人！"听了这句话，我忍不住落下泪来。看来，史珈老师确实病得不轻啊！

过了一会，史老师走出来，我朝她看了一眼，虽然已是八十多岁的人了，但她脸色红润，很有精气神，没有想象中那种迟暮衰老的样子。只是那两只水汪汪的大眼睛失去了往日的神采，显得有些木讷。我连忙迎了上去，对她说："史老师，你还认得我吗？"就见她愣怔怔地望着我，好半天才说："认不得，认不得了。"我又说："是谁在最困难的时候，你帮助过他？"史老师认真地说："那不是应该的吗？"我接着说道："你介绍过入党的那个人还记得吗？"史老师立刻说："入党，那不是好事吗？好事啊！"

我们一边说着话，一边来到了客厅坐下。我小声地问刘老师："史老师能看书吗？"在得到肯定答复后，我把书翻到描写史老师的那一段文字，陪着她一起读起来，没想到还没有读完，史老师兴奋起来，问道："这是写的谁呀，怎么这么漂亮啊！"我说："这是写的你呀！"史老师有些不信，说："写我的，我有那么漂亮吗？"我说："你比写的还要漂亮哪！"史老师听了，哈哈大笑起来，笑完了一脸严肃地说："喏，我现在都老了，丑死了。"我说："谁说的，你比年轻的时候还漂亮呢！""你说的是真的吗？""当然是真的了。"史老师蓦然间又憨憨地笑了起来。

那一天，我陪着史珈老师待了三个多小时。我像逗小孩子一样，让史老师开心地笑了又笑。我走的时候，刘老师送我出来，说道："她已经很多年没有像今天这样开心了。"

我想，如果有时间，我一定要再去陪陪史珈老师，让她在失忆的寂寞中多享受一些乐趣！

我的另一位入党培养人和介绍人张一农老师，原籍是石家庄市藁城区。他是著名的北京师范大学历史系毕业生，原来在吉林财贸学院（现为吉林财经大学）任讲师。河北财贸学院成立之前，他调回了河北，先是在河北商业学校（现合并为河北经贸大学）任教。1978 年，河北财贸学院成立后，他调到大学部，教授我们商业史课程。

张一农老师那时四十多岁，中等身材，偏瘦，长方脸，浓眉毛，细眯眼。他为人厚道、实诚，平时不擅高谈阔论，实则胸藏锦绣，底蕴深厚。他说话语速比较慢，好似过去的老学究那样，字斟句酌，有时慢得让人替他着急。张一农老师家境不太好，师母精神上好像有点问题。因此，他既要照顾家，又要教育两个儿子。但即便如此，张一农老师始终没有放弃学术研究，在逆境之中，写出了《中国商业史简史》，填补了我国在这一领域的空白。他的两个儿子也非常争气，两个人都是搞艺术的，一个是小有成就的园林艺术家，一个是河北师范大学的教授。

张一农老师平时喜欢练太极剑，长年坚持不懈，他已是九十岁的人了，耳不聋，眼不花，手不抖。2012 年 9 月，我们毕业三十周年聚会的时候，老先生用楷书给我和马誉峰同学各题写了两幅墨宝。我的两幅墨宝，一幅是藏头诗，诗曰：学人木直中绳，习之伦类达通，成则守仁行义，才乃为民所用；另一幅是针对我的工作性质而写的，写的是：以人为本执政，当政公正廉明，伦理道德教民，依法惩恶安定。

由于我和张一农老师是师生关系，所以张一农老师对我要求很严格，总是耐心地给我做思想工作，同时以史为鉴，教导我一些为人处世的道理。每次同他接触，总能从他身上获取一些正能量。

1986 年 5 月，系党总支让我填写了入党志愿书，同时填写的还有主讲商业企业管理课的周泽信老师，我们两个不仅同时填表，同一天入党，同一张命令任命我们为贸经系副主任，还在一起共事五六年，结下了深厚的友谊。

填表之后不久，系党总支委员、教师党支部书记成梦龙亲自出马，带领党支部组织委员刘志勇老师，到我的老家安平县进行了外调。那时，到我们县每天只有一个班次的长途汽车，因此他们去了之后当天没有能够返回来，在县城住了一夜，第二天才返回石家庄。

成梦龙老师一见到我的面，就高兴地拍着我的肩膀，赞不绝口地说："像你这样的好小伙子，早就该解决组织问题了。"原来，他们前去调查的对象，一个是我中学和社办高中时的老师李国志，一个是我读社办高中时的校长杨万用。老师对学生那都是"万千宠爱于一身"，能不好话说尽吗？所以，成老师他们满意而归是自然而然的。

成梦龙老师那时有五十挂零了，他祖籍定州，是中国人民大学的"调干生"，因此比他的同学们年龄都要大一些。

成梦龙老师中等身材，胖乎乎的，圆脸盘上因患白癜风遗留下一些白花点儿，眼睛虽然不大，但目光里透着几分威严。成梦龙老师为人正直无私，坦坦荡荡，快人快语。他是在我们毕业之后，才从外地调来的。

教师党支部组织委员刘志勇，老家是沧州人，他曾亲口对我说过，他母亲是纪晓岚的后裔，她姨妈是天津市一位著名女作家，曾出版过有关纪晓岚的书籍。刘志勇比我小几岁，他毕业于湖南大学。他和他爱人马敬民老师都在贸经系任教。

马敬民老师是 77 级大学生，毕业于天津财经学院（现天津财经大学），主讲商业会计，刘志勇主讲企业管理。后来，工业经济系从贸经系分离出去后，刘志勇到了新成立的工经系，不久，成为该系主管教学的副主任。

1985 年 6 月 12 日，是我终生难忘的日子。贸经系教师党支部召开全体党员会议，讨论发展我和周泽信老师入党的问题。

在党支部书记成梦龙宣布会议议程之后，我和周泽信老师分别宣读了自己的入党志愿书；我的入党介绍人史珈老师、张一农老师分别介绍了一年多来对我的培养教育情况，以及我的思想、工作表现情况，并发表了意见；党支部成员刘志勇介绍了对我的外调情况；接着与会党员开始讨论，发表个人意见。

最关键的时刻到了，伴随着党支部书记成梦龙一句：“下面请全体党员同志进行举手表决”，我紧绷着的心都快提到嗓子眼了。看到与会党员全都举起了手，我的心才放了下来。

“经过全体党员同志表决，教师党支部同意李进章、周泽信两位同志加入中国共产党。从今天起，你们就是光荣的预备党员了，预备期为一年。从今天起，你们要以党员的标准严格要求自己，时时处处发挥党员的先锋模范作用。”党支部书记成梦龙当时提出的希望和要求，我都一字不落地记在笔记本上，记在心里。最后，我和周泽信老师分别发言，表明了心迹。

从 1985 年 6 月 12 日起，我又获得了一次生命——一次新的政治生命。

从那一天起，我严格按照党章规定办事，按照党员的标准严格要求自己，决心在今后的人生道路上，时刻紧跟飘扬着的鲜红的党旗，永远前进！前进！

## 我与祖国共成长

2019年，是中华人民共和国成立70周年。70年来，在中国共产党的坚强领导下，全国各族人民团结一心，迎难而上，开拓进取，奋力前行，从封闭落后迈向开放进步，从饥寒交迫迈向全面小康，从积贫积弱迈向繁荣富强，创造了一个又一个人类发展史上的伟大奇迹，中华民族迎来了从站起来、富起来到强起来的伟大飞跃，正阔步走在实现中华民族伟大复兴的新征程上。可以说，这是睡狮苏醒的70年，这是巨龙腾飞的70年，这是凤凰涅槃的70年……

在迎来祖国70年华诞之际，我更加真切而又深刻地感受到一种极度的振奋。曾经，祖国任人宰割；今天，祖国傲视环宇！曾经，祖国忍气吞声；今天，祖国扬眉吐气！曾经，祖国千疮百孔；今天，祖国万方乐奏！曾经，人民为祖国痛心疾首；今天，人民身为中国人无比自豪骄傲。我庆幸自己不仅是一个中国人，更庆幸我还是祖国的同龄人。出生于20世纪50年代初的我，生命正是在祖国成立后的第二年幸运萌生。作为中华人民共和国成立后的第一代新人，我们的命运便紧紧地与祖国母亲联系在一起。

我和祖国同命运。社会生活乃是一面镜子，在镜子里面认识祖国，也认识我们自己。时代的发展，像一面穿越时空的镜子，照见了伟大祖国每一阶段的发展历程，也照见了我们这一代人的成长、奋斗。

我出生在一个在退役军人家庭，从小接受的是革命传统教育，培养的是热爱祖国、热爱共产党、热爱人民、热爱劳动的思想品德。

记得我很小就下地劳动了，拾柴火、砍草、挖野菜。稍大一些，就帮着生产队拾麦穗、割草，看护集体的庄稼。至今，脑海里还记得那些歌颂共产党、歌颂伟大领袖、歌颂社会主义好的红色歌曲。虽然那时国家底子薄、经济基础薄弱，人们的衣食住用行都很艰苦，甚至还饿过肚子，吃过树皮草根。但那时候人们的日子却过得很安稳、很舒心，没有战争硝烟，没有祸乱横行，过着夜不闭户、路不拾遗的和谐生活。我自小在心中就自然地形成了共产党会让老百姓日子越过越好的坚定信念。诸如“楼上楼下、电灯电话”“要吃肉有肉，要吃鱼有鱼”的社会主义生活描绘，早在孩提时代就扎进了脑海。所以，即便生活在暂时的困顿之中，我们的生命也丝毫没有萎靡和失望的色彩。

我和祖国共成长。我的祖辈、父辈，都是大字不识土里刨食的庄稼人。但我却赶上了能上学的新社会，父母以当时农家少有的远见，克服困难送子女们上学读书，这是我们永远感恩父母、感恩社会的事情。我从六岁发蒙上学，在湖北沙市跟着姐姐、姐夫读完初级小学，期间经历过“大跃进”“三面红旗”，参加过“大炼钢铁”“除四害”等群众运动。1961 年，从城市返回农村老家，在二三公里之外的寨子村读了两年完全小学，1963 年，我以优异的成绩考入县重点中学。

后来，我国的原子弹、氢弹先后爆炸成功，我们在报纸上看到这激动人心的消息，立刻从心里升腾起一种骄傲和自豪感。从那时开始，我们已经坚信祖国是不可欺侮的国家。在师长教导下，为祖国好好读书的信念日益增强，人生的光荣理想和坚定信念日渐明晰强烈，那就是：争取早日加入中国共产主义青年团和中国共产党。这些记忆，一直清晰地镌刻在脑海。

1966 年，我们初中毕业，正准备参加中考的时候，“文革”开始了。我们被迫放下书本，懵懵懂懂地参加到这场运动中来。

1968 年初中毕业后，我读了一年半社办高中，毕业后到公社当了 6 年协助员，在村里当了 1 年民办教师，后来便被县教育局借调到教研室做了一名文字工作者。

1978 年，中共中央召开了十一届三中全会，为中国的经济发展绘就了一幅波澜壮阔的建设画卷，开启了一个崭新的纪元。这场伟大的变革，在改变国家命运的同时，也改变了我和一大批有志青年的命运。

我们这一代人，既是改革的受益者，也是改革的参与者、奉献者。1978 年，恢复高考的第二年，我考上了大学，终于圆了大学梦。毕业之后，我留校任教，在人民教师的光荣岗位上，为祖国建设培育了无数栋梁之材。1998 年，我调到省人大工作，成为一名“立法工匠”，参与制定了几十部地方性法规，为促进本行政区经济社会持续、稳定、健康发展，发挥了引领和保障作用。

几十年的教育、教学和国家公务员的工作经历，使我深刻认识到：一个农民的儿子，也只有在祖国的怀抱，才会有如此灿烂的人生。对此，我一直确信，现在更加坚信！

70 年的砥砺奋进，沧海桑田，中国经济发展创造了人类历史上前所未有的伟大奇迹。中华民族实现了从站起来、富起来到强起来的伟大飞跃；中国特色社会主义实现了从创立、发展到不断完善的伟大飞跃；中国人民实现了从温饱到小康的伟大飞跃。中华民族正以崭新姿态，屹立于世界的东方。我们为祖国的繁荣发展而感到心灵震撼，热血沸腾，感到自己仿佛越活越年轻，越来越有活力。

细细想来，自2011年退休起，我从未感觉“夕照”多么惨淡，只觉得整天忙忙碌碌，过得十分充实。在祖国更加繁荣和文明的时代，只要一个人精神不曾衰老，他的青春就仍在。2011年退休后，组织上安排我担任了河北省立法研究会副会长兼秘书长，2017年换届，领导又极力挽留我继续担任了副会长。退休十余年来，我几乎一直在为地方立法工作做着力所能及的事情。

从2012年开始，我重拾年轻时的文学梦，写作出版了《风雨少年行》《珍藏岁月的痕迹》《释怀人生》（上下卷）《童年那些事》《小院几度桃花红》等纪实性文学作品，共计200余万字。

许多亲友、同事都说我焕发了人生第二春，或说我开启了此生第二次事业。我觉得，这些说法都不夸张，都不是唱赞歌。在闲暇的日子里，我在唱歌软件或在公园里，与一群同龄人高兴地一起唱歌、唱京剧，每天都在与祖国同呼吸、共命运，高唱赞歌向前进。虽然，我很快就到了古稀之年，但就身体和精神状态而言，我还会为祖国再出把子力气，即使增不了砖，也要增块瓦，添不了斤，也要添个两。这就是我在庆祝祖国70周年华诞之时，和祖国最掏心窝子的一句心里话吧！

雄关漫道真如铁，而今迈步从头越。我们要不忘初心，牢记使命。发扬“老骥伏枥，壮心不已”“老牛亦解韶光贵，不用扬鞭自奋蹄”的革命精神，继续发挥自己的余热。让我们的生命永远如花，让古稀之龄的祖国更加江山如画！

# 拒绝的技巧

拒绝别人一定要委婉，因为没有人喜欢被拒绝；被别人拒绝一定要大度，因为拒绝你的人总有他的理由。

——题记

记得一位朋友说过：“平生最怕拒绝别人。”其实照我说：不拒绝未必为善事，学会拒绝也未必不是好事。

“拒绝”一词，词典上注释极简单，就是不接受的意思。如果从社会人生的角度上挖掘，这个词又有较丰富的内涵：君子可以拒绝小人的险恶，小人也可以拒绝君子的美德。

拒绝，生活中并不鲜见。作为正直男子，你可以拒绝歪风邪气的侵蚀；作为貌美女郎，你可以拒绝种种盲目追求；作为一方百姓，又可以拒绝为利益和金钱伤害他人。

并不是所有的拒绝都能得到社会承认，都能成为人类文明的千古绝唱。从古至今，关于拒绝的故事比比皆是。

《庄子》一书中记载了这样一则故事：尧想把天下让给许由，便说："你好比天上的日月，我好比人间的灯火。既然日月已经出来，还要叫灯火来照明，不是很困难吗？请让我把治理天下的位置让给你吧。"许由回答："天下已被你治理得很好，为什么还要我来代替你呢？难道我就为了得到一个虚名吗？我好比一只小鸟在林中作巢，只要占据一根树枝就够了，那么大的天下交给我，我要它干什么？"许由拒绝了尧的禅让，远远地逃到箕山隐居起来。

《学会拒绝》是知名作家贾平凹一篇散文的题目，也是作者闫寒编著的一部书的名字，两位作者（编者），两部文稿，偶然的巧合，却蕴含着一个浅显而必然的道理：人这一生，无论是为人处世，还是工作学习生活，都需要学会拒绝。

"拒绝"与"接纳"是两个根本对立的词语，像两条平行的直线，不选择"拒绝"，必然选择"接纳"，没有中间道路可走。"拒绝"是一种权利，就像"生存"是一种权利一样。古人说："人有不为也，而后可以有为。"这里的"不为"，就是拒绝。

很喜欢作家毕淑敏《行使拒绝权》一文中的一段话："人们常常以为拒绝是一种迫不得已的防卫，殊不知它更是一种主动的选择。纵观我们的一生，选择拒绝的机会，实在比选择赞成的机会要多得多。拒绝是我们一生不可拒绝的密友……拒绝是一种删繁就简，拒绝是一种举重若轻，拒绝是一种大智若愚，拒绝是一种水落石出。"

今天，我们在"接纳"与"拒绝"中生活，我们的思想和行为经受着考验，在人生的征途中，各种诱惑、利益就像万花筒一般使人眼花缭乱，我们会自觉或者不自觉地在混沌之中模糊了视线，面对着"接纳"或"拒绝"的选择与考验。在"拒绝"和"接纳"面前，我们要坚守自己的世界观、人生观和价值观，选择自己的人生道路，守护自己心灵的那片静谧与安宁。

当然，学会拒绝不等同于六亲不认式的无情无义，也不等同于失去理智后的一意孤行。人际交往是一种智慧，拒绝也需要掌握一些技巧，既要敢于拒绝，又要善于拒绝；既要能够拒绝别人，又不能让对方感到尴尬和难堪。

30 多年间，我面对了几次现实版的金钱与物质的诱惑，在诱惑与反诱惑、拒绝与接纳的考验中，以自己的良心与人格、党性与道德，交出了一份完美的答卷，并从中学会了拒绝的技巧。

1986 年，我第一次代表系里单独参加招生工作，当取回考生的档案一个一个翻阅时，总是对考生进行反复比较，以决定是录取还是淘汰。如果不是受招生名额限制，真想把他们都录取了。淘汰考生，确实是一个痛苦的抉择。这些孩子们经历了十年寒窗苦读，好不容易达到了录取分数线，却被自己心仪的学校无情地抛弃，这是多么残忍的一件事啊！

就在我们准备前去招生的前几天，S 市的一位考生家长，不知道通过什么人辗转找到我，他的孩子参加了当年的高考，成绩相当不错，第二批第一志愿填报的是我们系的热门专业工商行政管理，他担心孩子录取不上，于是便跑来找我帮忙。当时，我根据他孩子的高考成绩以及在校表现，并参照该专业前几年的招生录取情况，明确地告诉他：“凭我的经验，我觉得如果这孩子第一志愿走不了，录取到我们系应该没有什么问题。”

按照常理来说，作为一名招生人员，是不应该轻易给学生家长许诺的，因为这样做只会给自己招惹来意想不到的麻烦。俗话说，不怕一万就怕万一，倘若学生一旦没有被录取，有的家长就会找上门来，与你纠缠不休。我当时之所以敢打保票，是因为这孩子的成绩太好了，高出当年全省文科录取分数线将近五十分，加上当时考生填报志愿时，每一批次只能报一所学校，他第一志愿填报的是一所全国知名高校，不太可能被录取，档案自然会退回我们学校来。那位家长听了我经过分析得出的结论，心里很高兴，连声道谢。临走时，他给我留下了地址和联系电话，让我有时间到S市去玩。

第二天，我到外地出差，到第三天回到家之后，妻子慌慌张张地对我说："你走之后，那位学生家长又来了，见你不在家，留下来一封信。我见那封信很厚，也没有封着口，觉得很蹊跷，等我掏出来一看，可把我吓坏了，里面装的全都是钱。我连忙追出去，那人早已经无影无踪了。我心里害怕，把信锁到抽屉里。整整一个晚上，我吓得都没有睡着觉。"我取过信封一看，可不是嘛，里边装的都是一百元一张的崭新人民币，足足有二十张。我顿时感到脸上火烧火燎的，觉得这是对自己的一种侮辱！

从1986年担任系副主任以来，我曾参与过两届招生工作，从来没有收受过一点好处，就连人家一包香烟也没有吸过。当时自己心里特别知足，甚至很有成就感：现在终于可以帮人家办事了！帮人家办事是心甘情愿的，是不讲究条件、不希图回报的。但是，有一条底线：绝不能够违反原则！

面对当事人送来的钱，我理解当家长的一片苦心，为了孩子什么都豁得出去，别说是破费点钱了，真是可怜天下父母心哪！如果收下这钱，违反了我做人的原则；可是如果把这钱原封不动地寄回去，一定会让家长产生怀疑，误认为我不肯帮忙，孩子录取的事肯定是办不成了，因而整天提心吊胆，惴惴不安。思来想去，我想到了一个万全之策，先把这笔钱以他孩子的名义存入学校附近的银行，等录取工作结束后，我再给那位学生家长写一封信，详细说明情况。

招生工作结束了，那位学生被录取了。回到家里，我第一时间写了一封信，在信中告诉那位家长说：“你的孩子已经顺利录取了，录取通知书随后就会寄到。孩子能实现自己的愿望，不是我从中起了什么作用，更不是那笔钱发生了作用，而是正常不过的录取。千万不要相信‘有钱能使鬼推磨’的话，那要看对什么样的人而言，对贪官污吏来说，的确如此，但在一名真正的共产党员眼里，钱只是普普通通的纸，它换不来大学录取通知书，更不会换来人的名声和信誉。”

在信中，我还告诉那位学生家长，当我看到他留下的钱之后，心中泛起的真情实感：“我是一名大学教师，而且是河北省优秀教师，我要一辈子对得起党和人民赋予的这一光荣称号！如果我收下你的钱，我今后将无颜面对我的学生，包括你的孩子。因为当我站在三尺讲台上夸夸其谈地给学生讲授法律知识、讲授公民的社会主义道德观念时，台下的学生心里指不定会怎么骂呢！当学生心里默念‘满嘴仁义道德，一肚子男盗女娼’时，我岂不像被师父念紧箍咒的孙悟空，痛得满地打滚吗？不是我唱高调，任何一个有良知的人民教师，都会坚决拒绝这‘身外之物’的。”我在信里还明确地告诉他：“我暂收你的钱，已经以你孩子的名义存入了银行，到入学报到那一天，我会当面将存款折子交给你。倘若你不肯收下，对不起，我就上缴学校了。”

我的信寄出去没过几天，就收到了一封厚厚的挂号信。拆开信封，里面有十几页信纸，每一页都密密麻麻地写着令我肃然起敬的话语。

原来，这位学生家长在信中坦诚地对我说道：“那天回去之后，我非常高兴地把你对我说的话一五一十地转告给了家人和亲朋好友，他们也都觉得心里踏实多了。可是，有的同事却不无担忧地告诫我，俗话说，虎豹不堪骑，人心隔肚皮。休将心腹事，说与结交知。人家不过是哄你空欢喜一场罢了，哪里会这样照实地告诉给你实底的。也有熟人怪我太不识时务，说‘都什么年代了，哪有互不相识，就平白无故地帮你办事的’。本来我不相信他们说的这些话，可是联想到孩子上中学时，孩子竞选班长，而且经过投票，孩子得票也是全班最高的，心想这下子有把握了。谁知道半路杀出个程咬金，据说，有人给老师送了一份厚礼，班长就归人家了。这件事，对我孩子打击很大，我们也觉得心里有愧。于是在众人的撺掇之下，我才做了这件既对不起你、自己也感到违心的错事。”

在信中，这位家长还动情地写道：“我工作后，为大家办了许多好事，从未接受过任何物品。看了你的信，我感动地落泪了，深深为自己的行为而感到愧疚，同时也为你的高尚情操、优秀的品质所感动。”最后，他在来信中感慨地写道：“孩子跟上你这样一位优秀的人民教师，一定会更加健康地成长，能学有所成，将来为祖国贡献自己的一分力量！”

这封家长来信，我本来一直保存着，不是为了炫耀自己，而是感佩这位让我为之动容的可亲可敬的学生家长。但是，由于几次搬家，那封书信已经找不见了。值得庆幸的是，在我代表贸经系党总支写给省委科教工委和省教委的先进事迹材料——《坚持从严、过细、务实、创新，提高思想政治工作的成效》一文中，不仅记录了这个真实的故事，而且记载了我们之间往来信件中的一些文字段落，弥补了一些缺憾。后来，我与这位学生家长由此结缘，成了推心置腹的莫逆之交。

有时候，世界上的事情就是这样奇妙：越是期盼发生的事情，它越是迟迟不肯降临；越是不希望发生的事情，它却会摩肩接踵而来。那是在 1992 年，也是为了招录一名工商行政管理专业的学生，我还婉拒了另一位送礼的学生家长。只不过前一位是外地的家长，孩子是一名男生；而后一位是石家庄本市的，孩子是一名女生。前一个送来的是钱，后一个送来的是物，一条高级的时尚的毛毯。

说起来，是在我前去招生临出发的前一天晚上，一位四十来岁的男子开车来到我家，见面就说，他姐姐在我们学院对面的河北师范学院（现为河北师范大学）工作，今年他姑娘第一志愿报考了我们系工商行政管理专业，希望给予关照。因为他姑娘考分很高，我觉得录取没有问题，便对他说："财经学院和师范学院面对面住着，低头不见抬头见，跟一家人差不多，有你姐姐这层关系，我尽力争取，你放心吧！"他听了很高兴，连忙从汽车后备厢里取出一个装毛毯的袋子，说："这是我的一点儿心意，请收下。"我连忙推辞说："这可不行，你赶紧收回去，要不你姑娘的事我可不给办啦！"推来推去，他把毛毯放在我家床上，趁我不注意，跑出门去。等我拿起毛毯追了出去，汽车已经开走了。我心想：跑了和尚跑不了庙。你姐姐在师范学院，我找不到你，届时送到你姐姐家去。

招生录取工作结束的当天，我提着毛毯找到师院那位男子的姐姐家，告诉她说："孩子已经正常录取了，你弟弟的毛毯麻烦你转交给他。"他姐姐说："我弟弟的心意您就领了吧，又不是什么贵重礼物。"我对她说："咱们都是当老师的，要处处为人师表，你弟弟的心意我领了，但是东西绝对不能收。"对我的行为，他姐姐表示由衷钦佩和理解。打那以后，我和这位男子也成了要好的朋友。那姑娘毕业后，过年过节常抽空到家里看望我，后来还带着自己的男朋友一起来过几次。

如果说以上事情都发生在以清廉、自律著称的高等学府，那么，当我后来走进地方国家权力机关，身居处长之位，手中握有一定权力的时候，我更加注重廉洁自律，洁身自好，坚决杜绝一切不正之风。

记得2006年春天，某市某区的一个个体经商户，因为土地权归属问题到省人大机关咨询。经人介绍，他找到了我，进门就掏出个喝水的杯子，我一看那杯子是空的，连忙端起暖水瓶，给他倒了满满一杯水。他坐下以后，向我咨询道：“能不能以你们省人大法工委的名义，给我出具一份答复意见呢？”我据实答复他说：“关于地方性法规询问答复，是不对公民个人的，所以你的要求无法满足。”见他头发花白，满脸皱纹，在椅子上木木地坐着，显得一筹莫展的样子，我顿生怜惜之意。我想了一想，说：“你回去以后，可以找所在区的人大帮忙，请他们以区人大常委会的名义就这件事给省人大法工委来一封信函，请求省人大法工委对此问题做出答复。”他听了脸上的皱纹舒展了，人也有了精气神，为了表示感激，他从背包里掏出一个鼓鼓囊囊的大信封，说：“谢谢你指给我一条明路，这点钱是我的一番心意，请你无论如何也要收下！”听说他要送钱给我，我当时就火了：“请你把钱收回去，我之所以提示你如何启动此事，是觉得你上了年纪，跑这么老远的路实属不易。你可千万不要让我难堪。我最讨厌这一套啦！”他赶忙赔着笑脸说：“都说你们人大是清水衙门，你们挣那俩钱，哪里够用呢？我这钱是做买卖挣的，干干净净，你就收下吧！”我再一次被激怒了，说：“不错，我们是清水衙门，但请你不要忘了‘志士不饮盗泉之水，廉者不受嗟来之食’，还是收回你的钱吧，不然我可要下逐客令了！”

尽管我一再解释，他仍然心有不甘，硬是把钱塞到我床铺的枕头底下，拔腿就要走，我急忙上前几步，一把拽住他说道：“你如果不听我劝说，我马上把这钱交到机关纪检委去，我说到就办得到，不信你试一试！”他见我正气凛然，只好乖乖地把钱拿走了。临走，他说了一句话：“像你这样不贪财的处长，我还是第一次遇见呢！”“那你真是少见多怪了，省人大机关的干部，个个都和我一个样！”我回敬了他一句。

时间过去了有半个多月，我们收到了那个区人大的来函，请求对那个个体工商户用地的产权归属问题给予答复。当办公室请示主任后，领导批示由我们处予以办理。我们当即与国土资源厅法规处一起，对来函反映的问题，依照《河北省土地管理条例》的有关规定进行了研究，提出了初步意见，而后又征求了城建环资工委的意见，几方面达成了共识。一天傍晚，我骑自行车下班的时候，刚出机关几十米远，就听见一个苍老的声音："李处长，下班了，我等你好半天了。"循声望去，原来还是反映问题的那个上年岁的人。我下了车子，问道："你怎么又跑来了呢？有你们区人大的公函就可以了。"他说："公函是公函，还需要你从中帮忙，给行个方便。"我说："这件事可不是我一个人说了算的，我们要根据事实，依据法规的规定集体讨论决定。"他说："这个我知道，但是领导既然把这件事情交给你们处办理了，那还不是你说了算！"说完，他趁我不注意，将两条"中华"牌香烟塞进我车筐里。我一看，心里来了气，把烟甩给他说："难道你这习气就不会改一改吗？我不要你的钱，难道香烟就会要吗？实话告诉你，我已经戒烟了，你还是回去等消息吧！该怎么办，我们会依法办理的。"说完，我骑上车子，一溜烟消失在人群中……

学会拒绝，让我结交了一些真心朋友；学会拒绝，让我保持了共产党员的先进性，避免了滑向荆棘丛生的贪欲的深渊；学会拒绝，让我的心灵守住了一片净土，照亮了我的人生之路。

# 一件小事励后生

我们在日常工作生活中，每天都会遇到许多事情。有的如过眼云烟，很快就忘得一干二净。而有一些事情，却会深深地印在脑海里，挥之不去。

有一件小事，虽然过去了40多年，却一直在警示着我，令我难以忘怀。

这件事情发生在二十世纪六七十年代。那时，我国正处在一个特殊的历史时期，党中央审时度势，纵观全局，提出了“备战、备荒、为人民”的战略口号，出现了举国备战、全民皆兵的局面。

各级党委、革委会都把工作重点放在了备战上。我们县革委会指定由县武装部牵头，组织成立了战备连。战备连就设在我们村村南的两洼国营农场。战士们一边习武练兵，一边参加生产劳动。因为战备连地处西两洼公社地域管辖范围之内，遇到一些大事小情，还需要与公社党委、革委会进行协商，取得支持与配合。因此，战备连与我们公社的关系十分亲密融洽。就连战备连对外联系的电话，都要通过两洼公社分机接转。

1972年初冬，由于公社分机原机线员兼话务员被辞退，公社党委书记赵恒印亲自找我谈话，动员我由公社广播员改做此项工作。

赵恒印书记那时四十挂零，他中等身材，留分头，许是长期在基层工作的原因，面色微黑，透着红润，浓眉之下，一双大眼睛炯炯有神。他平时说话不多，很少笑，那副严肃的样子，给人一种不怒自威的感觉。赵恒印书记为人公道、正派、清廉，加上人长得比较黑，很容易使人联想到宋朝名臣包拯。

赵恒印书记有着丰富的工作经验，是一位非常难得、非常干练的基层干部。他的级别在公社书记当中也是最高的，为16级干部，拿着全公社最高的工资。我记得特别清楚，他当时每月的工资是90元零1角钱。我心里特别羡慕，心想："咱这辈子，啥时候才能够享受到这一待遇呢？"

赵恒印书记的大儿子赵水净，是我的中学同学，比我低一年级。因此，当着众人的面，我叫他书记，在没有人的时候，我喊他叔叔。后来，赵恒印书记调到了县里，当了县革委会副主任，分管生产工作，后来担任了县人大常委会副主任。

在那个特殊年代，公社书记出面给一个小小的协助员做工作，那是给足了面子，我岂有不答应之理呢？

当时公社分机业务受县邮电局指导，工资也由他们发放。公社分机有两名工作人员，一位女话务员负责白天值守分机，处理信件邮寄、电话电报业务等工作；另一名机线员白天负责线路维修、用户电话机修理，晚上接替话务员的工作。

我初到公社分机工作，一切都要从头学起。外线学起来要简单一些，如线路断了接头，线路松了紧线以及更换电线杆、架设新线路、打桩等，但是处理电话机故障比较难，需要弄懂电话机的原理，才能对症下药。

好在我那时候年轻，好学上进，没过多久，各项业务都能熟练操作了。

在公社分机工作，我最感兴趣的业务是收发电报，当有客户要发电报时，需要根据电文内容，翻查县里统一发放的密电码本，把每一个汉字编译成四个阿拉伯数字，再将这一组组数字组成的电文通过电话，报告给县邮电局的话务员。接收电报时恰恰相反，县里的话务员告诉我一组组数字，需要把它们都翻译成汉字，这样一封完整的电报内容就完成了。收发电报用的虽然是阿拉伯数字，但读音与平时不太一样，如“0”读作“动”，“7”读作“拐”等。

在分机工作很辛苦，白天要跑外线，修电话，晚上还要值守分机，刚开始时我感觉不太习惯，后来慢慢地适应了。

当时，在我们公社地域内，除了有战备连一个县直单位外，还有冶金部建筑研究院五七干校和北京钢铁学院五七干校两个单位，因为白天打电话的人太多，而且通话质量不好，所以，他们多半利用晚上时间打电话，有时要打到后半夜。所以，我每天晚上都睡得很晚。

记得有一天白天，天空彤云密布，纷纷扬扬地下起了鹅毛般的大雪。雪下了整整一天，到了傍晚的时候，地上的积雪足足有半尺多厚。晚饭以后，村子里黑咕隆咚（那时村子里还没有用上电）、静悄悄的，社员们都早早地钻到被窝里睡了。只有大队部里还亮着灯，那是村里的基干民兵在值守战备夜班。

到了夜里十一点四十分，我眯缝着眼趴在被窝里，这时，分机上的号牌“啪嗒”一响，我立刻清醒了，一看是县里那个孔洞的号牌掉下来了。它掉下来，就意味着是县城方面有电话打进来。我连忙拔出一支通话塞子，插了进去，问道：“请问您要哪里？”“是外地来的长途，要你们西两洼村的。”话筒里传来县邮电局话务员王姐的声音。“王姐，又是你值夜班啊，辛苦啦！”我一边说着，一边麻利地拔出另一支通话塞子，插进标志着西两洼村的孔洞。“你也很辛苦呀，白天要跑外线，晚上还要值夜班。”王姐随之附和了一句。这时，我通过振铃，接通了西两洼村的电话，当双方开始通话之后，我立刻关闭了监听键。

那时，按照县邮电局内部的统一规定，话务员监听客户的通话时长不得超过三秒钟，用我们的行话叫作“监听不超过三秒”，若是超过了这三秒范围，就属于窃听行为。虽然有严格的规定，但并没有具体的措施来防范这种行为，全凭话务员个人自觉遵守。不过话又说回来，在“文革”期间，人们的胆子都特别小，即使没有人监督，也没有人敢越雷池一步。再者说，话务员，特别是县邮电局的话务员，忙得脚跟打后脑勺，哪里有闲工夫去听别人说话呢！时间过去了五分钟，我监听了一下，双方还再说话；又过了五分钟，还没有说完。看这意思，是小孩子没娘——说来话长。“也不知哪里来的长途电话，也不怕费时费钱！有多大点儿事，唠起来就没完没了的？”我心里念叨了一遍又一遍，一阵困意袭来，我打了个哈欠，头一歪，不知不觉睡着了。

也不知过了多久，我被村子里高音喇叭的喊话声给惊醒了：“赵恒印，到大队部接电话！”“赵恒印，到大队部接电话！”深更半夜，高音喇叭的声音比平时传得要远得多，那声音让人不寒而栗，不知惊醒了多少梦中人。我心中暗想：这帮小子真是吃饱了撑的，没事找事，我这里还没接到电话，你们那里怎么会有电话呢，这不是在发癔症吗？一边想着，又觉得瞌睡蒙眬。

正在这时，猛听得有人“咚咚”地敲击我房间的窗户，明亮的手电筒光亮透过玻璃窗射进屋里。紧接着，传来赵恒印书记急促的喊话声：“进章，快接电话呀！”我说：“是吗，我没有发现有电话呀？”赵书记急忙说：“你快接吧，是县武装部要战备连的电话，要了快有半个钟头啦！”一听这话，我一骨碌爬起身，定睛一看，糟糕，县城方向的接线塞子还与西两洼村的塞子连接着呢，怪不得我没有听到电话声音呢！

那几年，因为公社的房子比较紧张，赵书记和在两洼公社供销社工作的老伴，便租住在西两洼村一户农民家里。那农户家离大队部最多也就300米路，这些民兵接了电话以后，嫌天气太冷，不愿意踏着积雪去找人，于是便打开大喇叭乱喊了一通。

赵恒印书记有三个孩子，两个在衡水市上班，一个在县城上班，听到大喇叭里的喊话，老两口惊出一身冷汗，担心是孩子出了什么事，要不深更半夜的，会是哪里来的电话呢？赵恒印书记连忙穿好衣服，拿了个手电筒，深一脚浅一脚地来到大队部。等接通了电话，才知道是县武装部要战备连的电话。因为我没有拔掉县城与西两洼村的接线塞子，所以电话一打就直接通到了西两洼村。武装部要电话的人知道赵恒印书记在这个村子里住着呢，无奈之下特意嘱咐接电话的人说："麻烦你到赵恒印书记那里去叫他一声，请他来接一下电话。"还千叮咛万嘱咐，一定不要惊吓了赵书记。那接电话的小子是个愣头青，哪里管这些个里格楞（方言，指不管不顾）呢！于是，便发生了半夜里用广播大喇叭喊人的事。

赵恒印书记接听完电话，明白了是怎么回事，一颗悬着的心这才放下了。他顾不得天黑雪深路难行，打着手电筒，一步一步地摸到了我的窗户，这才把我唤醒。

此刻，我心里真是又愧又恨。愧疚的是，由于自己的一时疏忽，让老书记不仅担惊受怕，还要冒着寒风踏着积雪，跑老远的路，告知我起来接电话；悔恨的是，现在正是备战时期，自己怎么这么马虎大意，阶级觉悟到哪里去了呢？说时迟，那时快，我急忙用手指推开接听话按键，声音颤抖地说："实在对不起，耽误您的时间了。"就听电话那头带着威严、带着余怒道："你以为说一声对不起就完了事吗？告诉你，现在是全民备战时期，你耽误了大事，担待得起吗？你必须斗私批修，写出深刻检查，听候处理！”我一听这话，心里害怕极了，手不由得颤抖起来。这时，那个令人恐惧的声音似乎变得温和了一些，说道：“你发什么愣，还不赶快给我接战备连！”“好的，好的。”我一边回着话，一边迅速地把电话给接通了。

那天晚上，我不知道自己是怎么熬过来的。反正，我的肠子都悔青了，自己把自己数落了又数落。从小到大，父母没有动过我一个手指头，也没有挨过老师一次批评，想不到偶然耽误一次事，就是天大的事；犯一次错误，就是一个不可饶恕的大错误。要是因此受了处分，丢了工作，我有何颜面回家去面对“江东父老”呢？想到这里，我困意全消，拿起笔，铺开纸，开始写检查，写了一遍又一遍，哪一遍都觉得不满意。一直到天色大亮了，地下被揉的纸团一个接着一个，扔的烟头一根挨着一根，总算把检查写到自以为满意了……

吃过早饭，赵恒印书记来上班了，公社大院的人昨晚都听到了大喇叭的喊声，关心地问赵书记发生了什么事情，赵恒印书记嘿嘿一笑说：“嗨，甭提了，有个老朋友昨天晚上喝多了酒，睡不着觉，非得把我从睡梦里给吵醒，陪他在电话里说了一阵子话，你说这不是没事找事吗？真是可恼，可气，可恨，恨得我牙根子都疼！”听了赵书记这一番话，我不由得打心眼里佩服他的机敏睿智，随随便便一番说辞，不仅巧妙地回应了人们的关切，还暗地里替我遮挡了昨晚发生的事故。

趁着赵恒印书记办公室里没有人，我像狸猫一般跑了过去，生怕被人看见。听到敲门声，赵恒印书记打开门，一看是我，笑着说：“昨晚一宿没合眼吧？看你眼圈都发黑啦！”我赶忙说：“赵书记，实在对不起！是我让您担惊受怕，给您添麻烦了！我写了一份检查，听候组织处理。”“检查，谁叫你写检查啦？是武装部那个人吧。”赵书记问道。我说：“就是人家不说，我也应该写，犯了这么大错误，一定得好好检查检查！”听了我的话，赵书记笑了，说：“你真是个孩子，老虎还有打盹儿的时候哩，何况是人呢！你没有犯错误，写什么检查呢？”“可是，人家是一本正经地对我说的呀，还说要根据检查的情况，给予处理呢！”赵书记笑得更欢了，说：“要不说你这孩子太实在呢，人家不那么说，难道还要表扬你吗？放心吧，我说没事就没事，以后多注点意就是啦！”听了赵恒印书记的一番话，我心头的一片乌云顿时散去，立刻阳光灿烂起来。我给赵恒印书记深深地鞠了一躬，如释重负地离开了他的办公室。

我因为一时疏忽大意而耽误武装部通电话这件事，赵恒印书记和我都没有对外提起过，因此，公社里没有一个人知道。不过，从那时候起，我工作更加勤奋努力、谨慎小心，再也没有出现过任何差池。

如今，这件事已经过去了几十年，老书记也已经离开了人世，但我总觉得，这件事就像发生在昨天一样，它无时无刻不在警醒我。因为误事，在那个特殊的年代，就如同孙悟空的金箍棒——说大就大，说小就小。倘若不是遇到一个宅心仁厚、宽大为怀的好领导，说不定会演变成大事故，轻则辞退，重则开批斗会。如果真是那样，我这个毛头小伙的一生就彻底给毁掉了！

几十年来，我一直以这件事情为镜鉴，时刻警醒自己：本职工作无小事。无论从事何种工作，都要以饱满的政治热情，高度的事业心和责任感，尽心竭力地去把工作完成好，绝不允许出现任何纰漏和失误。

（此文刊载于 2020 年《安平文学》第一期）

# 第二辑　圆梦今生

# 圆我大学求知梦

（一）

从上小学开始，我心中一直有一个梦，一个进入高等院校读书学习的梦。为了这个梦想，我勤奋读书，好学上进，朝着这个远大的理想目标一步一个脚印地前进。当这个奋斗目标越来越近、越来越清晰、逐渐成为现实的时候，一个令人意想不到的事情发生了：1966 年 5 月，正当我们抓紧复习，迎接即将到来的中考时，一场疾风骤雨似的文化大革命席卷中国大地，我们被强令放下书本，停止复习，投入到这场看不清楚、弄不明白的运动中来。当时我还天真地以为：这场运动不过是一场龙卷风，来势凶猛，去得迅疾，过不了多久我们便可以重新拿起书本，继续完成中考了。有谁会料想得到，这场汹涌澎湃的文化大革命会持续那么长久。“洞中方一日，世上已千年。”穿越时空隧道，一转眼的工夫，十年过去了。

十年，一个人的生命中能够有多少个十年呢？十年，让多少莘莘学子空怀壮志，扼腕叹息；十年，让千千万万名有理想有抱负的青年的大学梦化为奔流到海不复还的东逝水；十年，让祖国的经济建设停滞不前，许多行业人才出现了空白或断档。

人们在期盼，期盼着能够早日结束文化大革命，期盼着大学重开招贤纳士之门。

忽如一夜春风来，1977年，由于文化大革命的冲击而中断了十年的高考制度得以恢复，中国由此重新迎来了尊重知识、尊重人才的春天。

恢复高考并不是简单恢复了一个入学考试，更是社会公平与公正的重建，是在全社会重新树立起了尊重知识、尊重人才的观念。今天看来，怎么褒奖当年的恢复高考之举，都不为过。

相应地，省、市、县各级教育部门纷纷成立了招生办公室。当时，我们县招生办公室主任是张文侃。张文侃老师曾经在我们公社高中当过校长，并且曾邀我为该校高中毕业班代过半年课，他对我相当了解。所以，在征得我当时所在的县教育局教研室主管领导同意后，张文侃老师将我暂时借到县招生办公室帮忙。

说实在的，在县招生办帮忙，看着一个个兴冲冲前来报名的考生，我自己心里也痒痒的，既羡慕又嫉妒。可张文侃老师让我看过招生文件，文件上讲得清清楚楚，这次招生主要是面向“老三届”，而我是66届初三毕业生，而且档案中没有填写社办高中学历，不在文件规定的范围之内。或许是看透了我的心思，在高考报名即将截止的那天，张文侃老师忽然对我说：“看你成天心事重重的，不行也给你报上名，你在公社干了几年通讯报道工作，在各级报刊发表了许多稿件，就以有写作特长的名义报名，这是文件允许的。”此言一出，大大出乎我的意料，因为我知道，张文侃老师为人特别小心谨慎，办事十分认真，这句话说出口，不知道反复考虑过多少遍呢。所以，我感动地说："张老师，太感谢您啦！您放心，我绝不辜负您的期望，一定要考出好成绩，来报答您的大恩大德！"

与过去的高考惯例不同，1977 年的高考不是在夏天，而是在冬天举行的，记得考试的具体时间为 1977 年 12 月 10 日至 12 日。那一年，参加高考的人几乎都是在国家决定恢复高考后，还剩下一个来月的时间仓促上阵的。等我报了名之后，已经没有多少复习时间了。好在高考报名之后，县招办的工作恰恰处于空档期。于是，我抓紧一切可以利用的时间，不分昼夜地开始复习起来。

由于高考中断了十年，当时高中课本特别难找，不是卖了废品，就是撕成纸条卷了旱烟。幸亏我的同事安秀侃是个有心人，他是"老三届"，高中课本几乎一本不少地保留着。1977 年，他也报了名，但是并没有把高考当作一回事，在高考入围后，他毅然决然地放弃了，连高考志愿都没有填报。因为他觉得自己已经有了稳定的正式工作，小日子过得很滋润，不想再读大学了。据我了解，那一年，与他持类似观点的，在我们县还有好几个。因此，在复习过程中，安秀侃总是把课本先尽着我用。我心里很清楚，虽说是临阵磨枪，但也不能眉毛胡子一把抓，必须选准突破口。那么复习些什么好呢？我偏科太早，数学一直是弱项，加之没有学过高中数学知识，再怎么复习也是白搭工夫；语文、政治主要靠平时积累，突击复习也不会有多大长进。因此，我打定主意，重点复习历史、地理，因为这两门功课没有深奥的理论，主要靠记忆。于是，我把时间基本用在了这两门课程上，意图通过历史地理给往上提分。考试实践证明，我还真是蒙对了。高考时，我的历史地理考试成绩都非常好，总分确实是沾了这两门课的光。

高考开始了，我被安排在安平中学考点。虽然是“文革”后的首次高考，但是，考场秩序井然，监考也很严格。1977年的高考试题，是由各省、市自己命题的，考试内容大多属于常识性的知识。但由于十年动乱，考生成绩仍然低得十分惊人，城乡考生、知识分子和工农家庭出身的考生成绩的差别十分显著。关于1977年的高考，有一个当时考生耳熟能详的故事，这个故事在若干年后，成为一个经典的段子。

据说1977年的高考，某省历史试卷上有一道考题：简述巴黎公社失败的原因。某一考生答曰：巴黎公社失败的原因是没有农业学大寨。

河北省的高考试题以检测学生的基础知识为主，其中不乏简单的考题，记得语文试卷中，就有考汉语拼音的题，如“余音袅袅”，要求给“袅”字注音。在语文试题中，作文占60分，我一看作文题目，差一点笑出声来。在两个任选题目中，一个是关于“东方红一号”卫星上天的，另一个叫作《记一名优秀园丁》，这后一个作文题，与高考前不久，我为一名有着三十年教龄、事迹特别突出的老教师王继生老师写的典型材料基本相符，他的先进事迹材料得到了衡水地区文教局认可，而且王继生老师在地区文教先代会上做了大会发言。

苍天不负有心人，为了写作这篇典型发言材料，我不仅专程采访了王继生老师，而且关起门来，绞尽脑汁整整用了三天三夜时间才写作完毕，并经过了衡水地区文教局两位老师审阅修改。这样一份地区优秀教师的典型发言材料，算是有了用武之地。于是，我没有丝毫犹豫，选择了第二个作文题目，并且将张继生老师作为自己的老师，用第一人称的写法，记述了张继生老师的感人事迹。

考试结束后是漫长的等待，1977年高考，衡水地区没有公布高考成绩，也不允许考生申请查卷，不知其他省市情况如何。

虽然没有公布考生的高考成绩，衡水地区招生办却通过各县招生办告知了入围考生的名单。由于我在县招生办帮忙，所以在第一时间知道了自己入围的确切消息，心里比吃了蜂蜜还要甜。

根据自身情况，综合考试估分，我在填写高考志愿表时，第一志愿填报了本省一所师范大学的中文系。

正当我兴高采烈地等待高考录取的消息时，不料想，等来的却是令人十分沮丧的消息：因为不是“老三届”，不是高中生，我的高考档案根本就没有往省里送。

这样的结果，虽然让我感到沮丧，但是也激发了我的斗志和信心，同时，也使我经历了 1978 年炼狱般的第二次高考。

## （二）

说起来如今的年轻人或许不相信，1977 年、1978 年两次高考，中间相隔了 6 个多月，所以 77 级、78 级大学生是同一年进入高校，又是在同一年毕业走向社会的。这一特殊情况，可以说是我国教育史上唯一的一次。

1977 年高考落选后，正当我感到心灰意冷、前途无望的时候，在教育部工作的堂姐夫给我来了一封信。他在信中告诉我，1978 年春天，教育部按照中央部署，对 1977 年高考工作进行了总结，纠正了在考生政审方面存在的极左偏差，规定招生实行德、智、体全面衡量，择优录取的原则，着重指出政审重在看本人的政治思想表现。在录取分数上坚决贯彻分数面前人人平等的公平原则。在高考政策中，还有一条特殊规定：大龄青年工龄到一定年限的，可以带工资上学。

国家两次高考政策的变化，说明了当时中央对于科学技术非常重视，下决心要尽可能招收有学习基础的青年进入大学深造，尽可能快地培养有知识、懂技术、会科研的经济建设接班人，尽可能快地填补我国科学技术队伍的人才断层。

1978年4月，振奋人心的消息不断传来，使我参加高考的信心倍增。

4月初，教育部决定在1977年高考各省自命题的基础上，为了确保公平、公正，1978年高考实行全国统一命题。为了指导各类考生复习应考，教育部还组织编写了《一九七八年高等学校招生考试复习大纲》。

4月22日，全国教育工作会议在北京召开，会议指出“我们的学校是为社会主义建设培养人才的地方”。

4月22日，《人民日报》发表了《搞好复习，迎接一九七八年高考》的短评。文章针对当时出现的问题，要求各级领导要注意听取广大青年的意见和要求，给他们一定的时间复习功课，统筹安排好他们的工作、生产、复习和休息，提醒他们注意劳逸结合。对青年的复习问题不理不问、漠然置之是不对的。冷嘲热讽，甚至采取各种不正当的手段阻拦考生复习功课，更是不对的。

恢复高考招生制度的消息通过媒体发布之后，一下子搅动了天下士子的心灵。

一位78级同学回顾说：“当时一个同学特别兴奋地骑车来告诉我，说要恢复高考了。我一下子就惊呆了，眼泪一涌而出。我跟同学反反复复地说一句话：这下有希望了！当时那种情况，就像一个人在暗夜里走路，四处一片漆黑，你原来不知道该往哪里走，不知道前途在哪里，已经绝望了，突然，前面出现了一点火光，你立刻知道自己有希望了，知道方向了。”

在1978年复习应试中，我遇到了一些困难和阻力，同时得到了亲朋好友们的支持和鼓励。

最早不愿意让我参加高考的是我的伯乐、县教育局赵局长，不过，他的出发点完全是为我好。他曾经不止一次地对我说："甭费力气去参加高考了，你不是想解决商品粮户口吗，放心，咱县每年都有自然减员的指标，到年底一定给你转成正式教员。"我坦诚地对他说："我参加高考不单是为这个，而是想扎扎实实地学点知识，您放心，我要报考的是师范类院校，毕业后争取还回县里来工作。"

我遇到的阻力，主要来自我的直接领导，他给我出了不少难题。他曾对我说："局里直接把你从村小学民办教师借调来工作，已经是破了天大的例了，你要塌下心来好好干工作，不要这山望着那山高，成天净想高考的事。"1978 年春，县教育局要召开全县教师大会，让我们资料组准备材料，总共五份材料，直接领导指令我写其中的三份，其余两位老师各写一份。

要不说我遇见贵人了，贵人首先就是这两位老师。为了使我有更多的时间用于复习，他们主动找到我说："你在五份材料中挑选一份自己认为最好写的，其余的四份，我们每个人负责写两份。"我听了，感动得不知说什么好，只是一个劲儿地道谢。后来，我上了大学，每逢寒暑假回老家，我都要抽出时间去看望他们。

正当我一边工作、一边悄悄复习功课的时候，县里要抽调干部下乡。按道理说，下乡的事跟我没有一点关系，因为我是临时借调来的民办教师，论身份既不是在册人员，又不是公办教师。可事情就是这么怪，你越是认为与己无关的事，偏偏就落到你头上。在教研室全体大会上，我的直接领导指名派我随工作组下乡，时间三个月。

那次下乡，地点是何庄公社长汝任庄村，同行的是县医院的赵医生，他也是我遇到的最难以忘怀的贵人。赵医生叫什么名字，已记不起来了，他大约四十来岁，长得慈眉善目，和气可亲。我们两个原来不认识，一起住到老乡家里才熟识的。赵医生见我携带着一些复习资料，看出来我是准备参加高考的，一见面，他就热情而诚恳地说："你在老乡家安心复习功课，村子里的事，有我一个人就行了。"听了他的一番话，我激动得差一点掉下泪来，连声说："太感谢啦，您就是我今生的贵人哪！"

正如这句话所说："世上本就没有真正幸运的事，也绝没有真正的不幸。幸与不幸之间的距离，本就很微妙。所以你若遇见一件不幸的事，千万不要埋怨，更不要气馁。"这句话用在我身上再恰当不过了，本来安排我下乡是一件很不幸的事情，但是，偏偏遇上赵医生这样的好人，真是不幸中的万幸。他不仅给我提供了充裕的复习时间，而且给我创造了良好的复习氛围，让我安安静静、心无旁骛的复习。那三个月，对我来说真是太珍贵、太难忘了。对赵医生，我像尊重自己的老师一样，短不了在回家时到单位去看望他。

1978 年的高考，是恢复高考以来第一次全国统一命题，其难度大大超过了 1977 年。这一年我之所以能够顺利考上，还得益于我姐姐一家的大力支持。

1978 年，湖北省沙市第四中学按照教育部编写的《一九七八年高等学校招生考试复习大纲》，抽调全校优秀教师，编写了文理两科全套的复习资料。我姐姐曾在四中幼儿园工作多年，与该校领导和老师都很熟悉，便向他们要了一套文科复习资料给我寄来。我基本上是以这套复习资料为主，并结合课本来复习的。

1978 年高考，我的思想压力很大，认为这是关系自己命运和前途的大事，可以说是一考定终身，终致用脑过度，心力交瘁，焦虑不安，以至于高考之前三天三夜未曾合眼。记得考最后一科时，等答完试题，检查一遍之后，我便趴在桌子上迷迷糊糊地睡着了。

记得那年考试是 7 月 20 日开始，7 月 22 日结束。当时正值酷暑，考场采取了防暑降温和医疗保护措施。全国各地的考生，在同一时间精神饱满地进入考场应试。考生座位的安排也是逐步完善的。1978 年，我是在本公社报名参考的，考场安排在安平县南关小学。高考座次与平时考试差不多，两个人坐一张桌子。当时的人特别老实，非常珍惜这来之不易的高考机会。我连续两年参加高考，连同桌长的什么模样都没注意，更不要说相互看试卷了。

1978 年高考，考生是在公布高考成绩以后填报志愿的。记得我们公社考生的高考成绩，被抄写在大红纸上，贴在公社的两扇黑漆大门扇上。在文科考生中，我名列第一名，理科第一名是东寨子村一名老高三毕业生，名字叫张另芬。

在填报志愿时，我第一志愿填报的还是一所河北师范类高校中文系，那时该学校还在张家口宣化农村，地理位置和条件都比较差。我做出这样的选择出于三点考虑，一是自己特别喜欢学习中文；二是考虑自己年龄不占优势；三是自己是民办教师，专业对口。但我当着孩子们的面，对父母、妻子无意中说的一句话“要是上了这所学校，来回都要经过北京”，竟成了我三岁的儿子向小伙伴夸耀的口实：“我爸爸要上的大学可好了，回来回去过北京！”

但是，录取结果公布后，我学习中文的理想再次落空了，因为我被录取到了河北一所财经类院校。

由于 1978 年高考我是在原籍报的名，我的高考录取通知书被寄到了家里。家里人不知道是什么信，没有拆开，就托到县城赶集的老乡送到单位，将信交给了我。

接到录取通知书，我辞别了同事，回到了家里。当我把考上大学的事跟娘和妻子一说，她们都很高兴。但想到自己这一走就是四年，家里的大事小情都无法照应了，心里头酸酸的。见爹没有在家，我赶紧跑到地里去找。一见到爹，我连忙说：“爹，我考上大学了，学校在石家庄。

你叫人捎去的那封信，就是录取通知书。”我爹听了，沉吟了半晌，没有说话。我以为他有什么想法，赶紧说：“你要是觉得我走了，家里头事多离不开，我不去上学也行。”我爹抹了一把脸上的汗水，笑着说：“傻孩子，你考上大学爹高兴还来不及哩。这要是搁在过去说，你这是中了状元，为咱老李家争了光啊！你只管安心上学，家里的事有爹扛着呢！”听了爹的一番话，我心里热乎乎的。可看见他满头白发，一脸皱纹，奔七十岁的人了，还要为我、为这个家操劳费心，心里边难受，泪水在眼眶里直打转转。

我考上大学的消息像长了翅膀，很快就传遍了全村。我们村子不大，但很早以前就是一个文化村，秀才、举人出了好几个，1949年以后，村子陆续出了几名大学生。但是恢复高考之后，我是全村第一个大学生，而在我之后，又过去了十年，才先后涌现出了新一代大学生。乡亲们厚道、实在，把人家的喜事，当作自己家的喜事看待。特别是我们一个家族的，这家也请，那家也叫。那时候，还吃大锅饭呢，谁家的日子也不好过，所谓的请吃饭，无非是赶集称点肉，包一顿肉馅饺子，这已经是最高礼遇了。一连七天，我都没有在家吃饭，娘有点儿沉不住气了，嘟囔着说：“这临走了，也不能在家好好吃顿饭吗？”

据有关资料，1978年，全国共有610万名应届高中毕业生和知识青年参加了考试，原计划招生29.3万人，后来增加到录取40.2万人，录取率为6.6%，略高于1977年。1977年参加高考人数为570万人，录取了27.3万人，录取率仅为4.8%，是中国高考历史上录取率最低的一年。

# 圆我京剧舞台梦

京剧作为国粹艺术，拥有许许多多的爱好者，还有的是资深的京剧票友。

我虽然从“文革”开始，便跟着收音机里教唱样板戏节目，学会了几段精彩唱段，后来，又跟着录音磁带学会了不少唱段，但是，我始终认为，自己只能叫作戏迷，而称不上票友。我觉得，所谓票友，应当是上了装穿了戏服，能在台上演出的。我虽然登上过学校、机关的舞台，也穿过简易的戏服，但那些舞台太小，离我心中梦想的舞台太过遥远。

我从来没有想到过，年轻时候的梦想，竟然在退休以后圆了。

时间回溯至2015年11月19日。

那一天，河北省立法研究会与省人大法工委联合在廊坊市固安县召开了一次全省立法理论研讨会。会议得到了廊坊市有关方面的高度重视和大力支持，并协助我们做了一些工作。

会议期间，我作为研究会的副会长兼秘书长，里里外外忙活了整整一天。上午，到各个小组巡回听取作者发言，评选优秀论文，推举大会发言代表；下午，参加大会，听取领导同志讲话、代表发言。一直到傍晚时分，会议才圆满结束。

吃晚饭的时候，宋长瑞会长宣布了一个振奋人心的好消息：应霸州市的邀请，由团长迟小秋带队，北京京剧院青年团专程从北京赶来，为大会代表演出。

早就听说过，北京京剧院青年团是由中国戏曲学院京剧专业研究生及本科生等优秀青年演员组建而成的。全团阵容整齐、行当齐全、文武兼备、剧目丰富。演员的表演技艺精湛、生龙活虎、富有朝气。其中，既有以著名程派表演艺术家、全国人大代表、梅花奖获得者、青年京剧团团长迟小秋领衔的梅、尚、程、荀、张各流派优秀旦角演员，又有马、谭、杨、奚、余、言各流派老生的代表，还有老旦、武丑、铜锤花脸、架子花脸、武花脸、小生等优秀青年演员。他们经过多年舞台实践，艺术上有的已驰名菊坛，有的已是崭露头角。

霸州市是著名京剧艺术大师李少春的故乡，这里建有李少春纪念馆、李少春大剧院，是全国有名的“月月唱大戏、村村有剧社”的戏曲之乡。

霸州市还与北京京剧院青年团联合设立了周末小剧场，每逢周末，他们都会按时来这里演出。

吃过晚饭，大家兴冲冲地坐上大巴车，向霸州市方向进发。我们下榻的宾馆在固安县城外，离霸州市不过十几公里路程。

到了目的地，霸州市委书记与会长宋长瑞、法工委主任冯志广以及各位副会长一一握手，表示热情欢迎。

进入演出室，我立刻被一种艺术氛围环绕，演出室布置得精巧而雅致，正面是一个方正的舞台，舞台上方“周末小剧场”五个粉红色的大字在灯光照耀下，显得格外醒目，舞台两边各有一道红色小门，分别用黑色字体写着“出将”“入相”。舞台下方是观众席，由低而高整齐地排列着几十排座椅，我粗略地计算了一下，这个剧场可以容纳三百余名观众，恰好符合小剧场之名。

在观众席前三排，组织方特意为我们每人摆放了一个水果拼盘，还有一杯热气腾腾的茶水。

我们坐定之后，大幕徐徐拉上，接着响起了开场前的三通锣鼓。随之，从舞台后面上来一位个子中等、俊俏硬朗的小伙子，我看着他有点面熟，却想不起叫什么名字，但记得是一位很有名的小生演员。他微微含笑，深施一礼，开口说道：“敬爱的宋长瑞会长、冯志广主任以及各位领导、来宾，大家晚上好！今晚，由北京京剧院青年京剧团为您献上一场演唱会。下面，首先由迟小秋团长为您演唱京剧《锁麟囊》选段。”

接着，大幕拉开，身着一袭红衣、黑色短衫，神采奕奕的迟小秋出现在观众面前，顿时掌声响成一片。因为迟小秋实在太有名气了。她 11 岁时，入辽宁阜新戏校学戏，1981 年跟随程砚秋大师嫡传弟子王吟秋先生学习，1983 年 4 月 1 日在北京正式拜师，恩师赐名迟小秋。19 岁荣获中国戏剧界最高奖项梅花奖，被著名剧作家翁偶虹喻为“程派标准传人”，当今京剧程派艺术的领军人物。迟小秋唱做俱佳，舞台功底深厚，有很高的艺术成就和造诣。

看到小秋，我先被她的颜值吸引。她眼神清亮有力，身姿挺拔，一派卓然独立、风神俊秀之姿，淡定从容之质。她皮肤紧致，完全看不出年已半百。心里不禁感叹：唱京剧真的可以让人青春永驻。

迟小秋微微含笑，给台下观众深施一礼，便随着伴奏音乐唱了一段她的成名戏之一《锁麟囊》“春秋亭”一折：“春秋亭外风雨暴，何处悲声破寂寥。隔帘只见一花轿，想必是新婚渡鹊桥。吉日良辰当欢笑，为什么鲛珠化泪抛？”

果然不愧是程派领军人物，迟小秋的戏腔音忽高忽低，时断时续，“时而像撕丝裂锦，时而又像藕断丝连，时而像高山流水，时而又像春雨潇潇”（据程派戏评），唱腔凄美幽怨，委婉动听，扣人心弦。其独特的程派风格，给人留下了美好而深刻的印象。

一曲终了，在观众如潮的掌声中，小秋又为大家演唱了一段《荒山泪》选段，同样赢得了经久不息的掌声。

接下来，由杨派老生，国家一级演员，第五届青京赛（即中央电视台等主办的全国青年京剧演员电视大赛）金奖得主，文化部评比展演一等奖得主，第三届青年京剧演员研究生班学员杨少彭演唱。

第一次见到杨少彭，我便感觉他身上有一股淡定自若的力量。那一晚，杨少彭演唱了《文昭关》选段和《珠帘寨》选段。他的演唱中规中矩，韵味纯正。我最爱听他演唱《珠帘寨》里的“昔日有个三大贤”那一段。三个“呼啦啦”，节节翻高，无处不佳。

因为我平时最喜欢老生戏，对老生的各个流派都有所了解。所以，尽管有诸多青衣、小生、老旦等优秀演员演唱，但我只记住了几位老生演员的名字。

马派的穆宇，穆宇一如他的名字，穆然老成，少年持重。初见穆宇，他那微蹙的浓眉，多愁的双眼，还有那黑白相间的头发，给人的印象最深。台上的穆宇英武、潇洒、表演细腻，展现着演员本身的风采和自信。

奚派传人张建峰，是我们石家庄的老乡，他 1999 年毕业于石家庄市艺术学校，同年进入北京京剧院工作。是第五届青京赛金奖得主，著名学者欧阳中石先生的入室弟子，中国优秀京剧演员研究生班学员。张建峰勤奋努力，刻苦学习，是个很有造诣的奚派老生演员。他的唱腔听起来润泽、清新、柔软，别具一格，十分耐听。

演员轮番演唱之后，主持人邀请霸州市委书记登台演唱，他台风潇洒，演唱韵味纯正，讲究吐字发声，嗓音圆润通透。也难怪他能够与北京青年京剧团有那么深厚的交情呢。

随后，一个让我意料不到的情况发生了，主持人点名请我登台演唱。至今，我也不知道是哪一位领导事先透露了消息。

说实在的，与众多京剧名家同台演唱，是我一直以来的梦想，但是，当梦想即将成为现实时，我又感觉犹豫、惶恐、茫然。

“人生能有几回搏”，为国家获得第一个乒乓球世界冠军的容国团的话出现在我脑海中。我站起身来，从容镇定地走上舞台。在与琴师商议之后，我演唱了一段《甘露寺》选段“劝千岁杀字休出口”。这一唱段，我是在电脑上录播的戏曲频道“跟我学”栏目，跟着马派著名演员张学津老师一字一句学会的，记得现场跟着学的还有著名播音员宋世雄、著名相声演员郝爱民。老师教得好，抠得细，让我们这些在屏幕上跟着学唱的学员大受裨益。

毕竟是第一次登上梦想中的舞台，我虽然有一些舞台经验，但还是心里紧张，感觉没有发挥出应有的水平，我想，假如再给我一次机会，我会唱得更好一点。

演出即将结束时，迟小秋团长登台对观看演出的领导和观众表示感谢，她还特意提到了我的演唱，说这一唱段是老生的基础唱段之一，但又是最难唱的一段，连专业演员都有些发怵，李主任知难而进，唱得很好，字正腔圆，有板有眼，值得肯定。我知道，她说这些话，完全是为了鼓励我。

杨绛先生曾说：“一个人经过不同程度的锻炼，就获得不同程度的修养，不同程度的收益。好比香料，捣得愈碎，磨得愈细，香得愈浓烈。”

经过这次非同寻常的与名角同台演唱的经历，我更加热爱京剧，决心不断地学习、充实、提高自己的演唱水平和技巧。

总之，这次与京剧名角同台演出对于我来说，是一段刻骨铭心的记忆，从今往后，京剧必将成为我老年生活丰富多彩、不可或缺的一环……

# 圆我少时作家梦

一天，在我的大学同学群里，我看到一位同学发了一条河北作家网的消息：经河北省作家协会主席团审议批准，李进章被吸收为新会员。虽然已年近古稀，早已过了“小马乍行前路窄，大鹏展翅恨天低”的雄心勃勃、气冲斗牛的黄金年龄，有的只是淡泊名利、世事洞明，但是，经过多年坚持不懈地努力，终于圆了少年时的作家之梦，心潮还是难以平静，不由地回想起自己年少时梦想一步步实现的历程……

## （一）

少年时代，是一个充满幻想、天真无邪的时代。印度著名诗人泰戈尔在回忆自己少儿时代时曾说：“我总觉得生活和世界充满着一种神秘。我感到，每一个地方都隐藏着这种神秘。每天，我心里产生的最大问题是什么时候能够揭开这些秘密。那些日子，我感到没有什么事是办不到的。”德国著名作家黑塞自称，幼年时，最大的理想是成为一名魔术师，能够让死人复活、让苹果在冬天里生长。这些实例，表明了少年儿童普遍存在的一种梦幻般的心理状态。正是缘于这种强烈的好奇与渴望，加上直觉思维与形象思维优于逻辑思维的智力特征，使人在孩提时代，最富于奇异的想象与烂漫的幻想，往往自信能够上天入地，无所不能。

我的少儿时代，虽然也在不停地变换着自己的梦想，一会儿想当一名人民教师，一会儿想当一名戏剧演员……但是，有一个梦想在我心灵深处一直比较执着、比较强烈，那就是长大了以后，也要像作家一样，创作出属于自己的作品，供人们阅读欣赏。

应当说，我的文学之梦并不完全是镜中花、水中月，而是有着深厚的基础。我从小就爱看书学习，从中汲取文学的雨露。1957 年年底，我随姐姐、姐夫到湖北沙市读初小（小学 1—4 年级），那时姐姐在沙市第四中学幼儿园当老师，经常从学校图书馆借书回家来看。于是，我获得了阅读大部头书籍的机会。我清楚地记得，我所读的第一本书，是阿拉伯民间故事集《一千零一夜》，又名《天方夜谭》，这本书内容丰富、规模宏大，被高尔基誉为世界民间文学史上“最壮丽的一座纪念碑”。

在此后的三年中，我先后读了高尔基的《母亲》和散文《海燕》，奥斯特洛夫斯基的《钢铁是怎样炼成的》以及国内现代文学名著《林海雪原》《红日》《青春之歌》和四大古典名著中的《西游记》《水浒传》。我尤其欣赏《水浒传》，在施耐庵的笔下，水泊梁山一百单八将，被他描绘得百人百性百脾气，特色鲜明，栩栩如生，呼之欲出。

知识的积累，总要通过一定的形式表现出来，我从小学二年级开始，就学着给在老家的玩伴们写信了，尽管没有收到过他们的回信，我还是不断地写，记得写得最多的是常带我一起玩的堂兄李小卷。1958 年，姐姐的二儿子出生了，一家人商量着给他起名字，因为姐姐家大儿子名字中带一个“华”字，我马上想到了《水浒传》中我最仰慕的英雄之一——小李广花荣。于是，我脱口而出：“就叫他华荣吧。”姐姐姐夫听了我的解释，欣然接受了这个名字。在小学二年级到四年级的作文中，我每一篇作文都是 5 分（那时满分实行 5 分制），老师还会特意给画一面小红旗。

说来也是一种巧合，从初小、完小，一直到初中，我的班主任都是教语文课的老师，他们潜移默化的影响，对于塑造一个少年的灵魂起到了发酵的作用。

中学期间，我充分利用学校的图书馆，博览了古今中外的文学名著，并尝试着在自己的作文中表达对文学的憧憬与渴望。当自己的一篇篇作文被作为范文，在本班、同年级同学中传阅的时候，我甚至觉得自己正一步步地接近那个文学之梦……

1966 年，“文革”开始了，我们被迫放弃了即将开始的中考。同时，也让一个有文学梦的青年，身不由己的卷入动乱的旋涡……

1970 年，我走进了公社大院，成为一名广播员。工作时间，我会写作一些新闻稿件，即时播报；业余时间，我开始尝试着写小说。那时，县文化馆有一个油印的刊物，我写的讴歌赤脚医生的小说《新苗》被刊登了，那是我的处女之作。由此，我的写作热情一下子被点燃了。

我真正走上文学创作之路，是在 1973 年。那一年，为纪念“一定要根治海河”题词发表十周年，衡水地区文教局发出通知，准备召开一次全地区文艺创作大会（简称“文创会”）。

县文教局、文化馆在接到通知以后，召开了全县文艺骨干动员会，我也应邀参加了会议。

动员会结束之后，我心情振奋，跃跃欲试，决心写出一篇有分量的作品来。那些日子，我吃不下饭，睡不好觉，大脑天天沉浸在对作品的构思中。可惜我没有到过治理海河的工地，不了解其中热火朝天的劳动场景，对涌现出来的劳动模范等先进人物也没有接触。没有现实生活做基础，要写出好的文艺作品来，岂不是脱离实际？岂不是痴心妄想？我越想越泄气，越想越悲观，甚至产生了打退堂鼓的想法。

正当我进退维谷之时，很偶然的一次与熟人的谈话，使我突然找到了灵感。

那是一个两洼集，我去村里下通知回来，从集上路过，看见西两洼村一个叫鹞子的人在摆摊理发。

鹞子大名叫张景耀，人们叫惯了他的小名，大名反倒没有多少人知道了。鹞子家弟兄姊妹多，日子过得很紧巴（方言，指生活困难），他三十挂零了，还是孤身一人，用他自己的话说，是一个人吃饱了，全家都不饿。

那会儿快散集了，没有顾客，鹞子看见我便问道："进章，你干什么去了？"我说："到村里下通知去了，公社下午要开大会。"他说："下通知打个电话不就得了嘛，何必派你们跑腿呢？"我说："有的村电话打不通，可不就罚我们跑腿呗！"说完，我问他："鹞子哥，你今年秋季还去海河工地吗？"他苦笑着说："说实话，我是真不打算再去了，可是百十号人都等着我给理发呢，不去还真不行哩。"听完他的一番话，我突然灵机一动：是啊，世上三百六十行，哪一行离得开理发的呢？这海河工地上，有多少理发师在辛勤工作，默默奉献。他们的付出，不也是在为根治海河贡献力量吗？这么好的题材，我以前怎么就没有想到呢？

见我愣愣地不说话，鹞子问道："进章，你好像有什么心事？"我说："猜对了，我还真有心事，需要你帮忙哩！"于是，我把自己准备写一篇有关根治海河的小说，内容是表现工地上的理发师的事和盘托出。鹞子听了，不以为然地说："一个谁也瞧不起的穷剃头的，有什么好写的？

我劝你还是跟我到海河工地去看一看，写一写那些‘大车王’‘猛张飞’们，他们才是真正的英雄好汉呢！”我说：“你说的这些个人，确实值得歌颂，但是，他英雄好汉不也要在你手下低头吗？不要小看自己的工作，你才是真正的平民英雄呢！”或许是第一次听人夸赞自己，鹞子有点不好意思，说：“我什么地方可以帮助你，你尽管说，哥哥我二话没有。”我说：“我太需要你帮助了，这样，我今天还有事，赶明儿我到你家去，咱哥俩来个二两棉花四张弓——细谈（弹）”。

第二天，我带着提前想好的问题，来到鹞子家里，请他结合自己的实际，仔细地说一说，刚开始学习理发遇到过哪些困难，如何练习刀法、剪法，如何练习腕力，如何不断提高技艺等等。谈起这些自己本行的事，鹞子话语滔滔不绝，说到兴起，还不时透露出一些本行的规矩、独门秘籍、逸闻趣事等，听得我如醉如痴。正应了那句俗话：“欲知心腹事，需听背后言。”

回到公社，我根据从鹞子那里得来的大量的翔实信息，经过构思，决定以鹞子为原型，写一篇反映海河工地理发师的短篇小说。为了不落俗套，突出主人公一心向往海河工地的急切心情，我把小说的主人公定位为一个不符合上工地条件，但对根治海河怀有深厚感情、有着切身感受、“苦大仇深”的老贫农。这样，我把小说的题目确定为《老学徒》，描写家住海河流域的一个普普通通的年已半百的老贫农，过去受尽了海河引发的洪水、干旱、沥涝之苦，几次面临倾家荡产的境地。后来，国家要根治海河，他感恩新社会，感恩共产党，坚决要求上海河工地。但是因为超龄了，没有被批准。后来听说海河工地上急需理发师，便下定决心，打破人过四十不学艺的传统观念，从学徒开始，苦学苦练理发技术，终于如愿以偿，跟随治河大军来到第一线的故事。

由于我的小说选择的角度与众不同，形式新颖，内容生动，人物可爱，被县文化馆选中了，文化馆把我临时抽调到县招待所集中修改完善。在将近一个月的脱产改稿过程中，我遇到了两位文学道路上的重要引路人：一位是吕振侠老师，一位是王敬学老师。

吕振侠老师祖籍山东，南京大学历史系毕业，因赶上“文革”，他与爱人一起被分配到了安平县。他在县文化馆工作，爱人在一所乡村小学教书。

吕振侠老师那时三十挂零，长得一表人才，高高的个子，细细的身条，宽宽的额头，浓浓的眉毛，大大的眼睛，鼻如悬胆，口似角弓，一看就是个百里挑一的帅小伙。吕老师既有山东大汉的直率大度、慷慨仗义，也有南方人的细腻、灵动。他创作出来的小说几乎每一篇都是精品，如刊登在《河北文学》上的《紫燕》《千里金堤》等。其作品的艺术风格与著名作家孙犁颇为相近，所以有人开玩笑说他是孙犁的弟子，是“一个模子刻出来的”。

在集中修改稿子期间，吕振侠老师放下他手中刚写了一半的小说稿，一对一地对我进行辅导，从小说的谋篇布局，到人物形象的刻画、语言文字的运用，都毫无保留地传授给我。可以说，吕振侠老师是我文艺创作道路上的第一位领路人。

王敬学老师是县评剧团的团长兼编剧，三十多岁，个子不高，身体略微有点胖，白白净净的面庞，眉目清秀，目光清澈有神，鼻正口方，面上常有笑容。王敬学老师为人宽容厚道，襟怀坦荡，性情直率，不苟言语，尤其注重对年轻人的奖掖提携。

为了听取王敬学老师的意见，请他对我的小说进行指点，我两次登门拜访，最终得到了他热情地指点，帮助我捅开了小说创作的那一层窗户纸。

在两位名师指导下，我的小说顺利通过了层层筛选，被确定为参加衡水地区文创会的入围作品，这也是安平县唯一入选的业余作者的作品。

1973 年 8 月，文创会在深县（现深州市）前磨头如期召开，据说衡水地区和天津市一家出版社协商好了，要为衡水地区出版一部关于根治海河的小说集，通过选拔，精选出了 30 篇小说，吕振侠老师和我的小说都被选中了。可是不知道出于什么原因，这件事情最后搁浅了。

虽然我煞费苦心、历尽艰辛创作的小说没有能够面世，感到有一些遗憾，但是我并不后悔，因为它是我一生中最值得纪念的一件事情，也照亮了我文学创作的道路。

## （二）

1973 年，我由公社广播员改任电话员，时年 22 岁，正值“书生意气，挥斥方遒”的黄金年龄。每天白天跑外线，修理电话机，晚上值守电话分机。每当夜静更深的时候，也是我构思或写作的最佳时机。那时候，创作的欲望非常强烈，创作的灵感也频频光顾。

在离我们公社二三公里远的原寨子国营农场，有两个中直单位的五七干校。一个是冶金部建筑研究院五七干校，一个是北京钢铁学院五七干校。我短不了常去那里整理电话线或修理电话机，因此认识了那里不少有学问的大知识分子，他们与我这个知识青年很容易有共同语言，在相互接触中，很容易产生共鸣，达成默契，擦出火花。我也因此获知了一些世情冷暖、处事哲思、历史轶闻等多方面的新知识，为我构思小说提供了难得的素材。

冶金部建筑研究院五七干校负责值守电话的，是一位 50 多岁的老太太。那时候的人们，由于缺乏营养，心理压力过大，年过半百就不中看了。那老太太长得很瘦，背微微有点驼，头发有点泛白，脸庞失去了光泽，金丝眼镜后面，一双眸子有点昏花，透露出些许忧郁的神情。这位老太太自幼生长在高级知识分子家庭，受到良好的教育，会说七国语言，她曾是冶金部建筑研究院的党委副书记、高级工程师。通过多次交往，我与她很快就熟悉了。后来，老太太主动向我提出，想要扫地的扫帚、扫床铺的笤帚、刷锅碗的炊帚、盛放饺子的盖帘，这些个都属于咱农家的小家什，但是到了她们手里却成了宝贝物件。我每一次送给她时，都会看到她难得一见的笑的模样。这时候，她会拉一把椅子，让我坐下陪着她唠嗑。老人家在五七干校里孤单寂寞，愿意有人跟她说说话。她一高兴，就会拉开话匣子，讲述自己当年如何越过老蒋的封锁线奔赴延安的故事。有时候，她还会讲一些领导干部，在战争时期是英雄是好汉，但是在和平时期，却禁不住糖衣裹着的炮弹袭击腐化堕落的故事。这些，对于我这个土生土长的乡下小子来说，那可是闻所未闻，无异于天方夜谭一般。后来，我把这些作为素材，连同耳闻目睹的五七干校的生活一起，都写进了我的中篇小说里。

在与两个五七干校的频繁接触中，我构思了一部中篇小说的框架。但是，由于连续几年不停地转换工作岗位和后来的准备参加高考，所以，迟迟没有动笔的机会。

1978 年 10 月，我考入河北财经学院之后不久，即开始了小说写作之旅。其原因主要有两点：一是我对所学商业企业管理专业认识不足，提不起兴趣；二是大学里有的是可以自由支配的时间。因此，每天完成作业之后，或是星期天没有事，我都会静静地坐一个小马扎，趴在床头（宿舍里没有桌子），全身心地融入自己的小说天地。

顺带说一句，我写任何东西，包括各种公文稿、新闻稿、小说等，从来都不拉提纲，而且，稿子已经抄写后，从不留底稿，这恐怕是我几十年来养成的一个异于常人的习惯吧。

如前所述，这篇小说是在我入学之前便已经构思好的，入学之后，我用了近两年的课余时间才完成，大约有8万多字。

小说完成了，往哪里投呢？自己一时犯了难。往出版社吧，没有信心、底气和勇气，总觉得自己还没有达到那么高的水准。后来，我从学校阅览室看到石家庄有一本杂志，经常连载小说，而且办刊宗旨很明确，就是鼓励提携奖掖年轻作者。于是，我信心满满地把稿子送到了这家杂志社的编辑部。

负责接待我的编辑，看样子有四十多岁，面容憔悴，戴一副玳瑁眼镜，镜片后面是一双闪烁不定的眼睛，说话时声音里带有几分嘶哑。他让我把稿子先留下，并留下联系电话，然后让我回去等候消息。过了二十多天，他通知我到编辑部去，说已经审阅完了稿件，提了一些修改意见或建议，让我进行修改。过了十几天，我把认真修改后的稿子，再次送回到他手中。他看完之后，表示基本认可。随后，他将稿子送给了主编。记不清过了多久，主编审阅之后，提出了几点重要修改意见，嘱咐这位编辑说："通知作者按我的意见再修改一稿，即可分期刊发了。"

暑假开学后，我去找那位编辑，他向我转达了主编的上述意见，并说稿子已经给我寄回学校了。可我到学校收发室一打听，假期里根本就没有寄给我的邮件。收发室的刘老师是本校家属，因经常有报刊寄给我稿费汇款单，所以我们非常熟悉。对刘老师，我特别信任。于是，我再次去找那位编辑，他反复强调："我确实给你寄了。""没错，肯定寄了，我亲自到邮局寄的。"他越说越令我感到疑惑，忍不住问道："你是寄的挂号信还是走的平信呢？"他说："大概是挂号信吧。""那挂号信的留底呢？"我问。他说："让我给弄丢了。"我又问："你是在哪个邮局寄的呢？他们那里肯定有存根。"他摇了摇头，不耐烦地说："记不得了，记不得了。"情况已经如此，我只好私底下找了附近几家邮电局（所），又找了几家与我们学校名称近似的“财贸”“财经”等中专学校。结果都没有查找到任何有用的信息，我彻底绝望了……

这部中篇小说，凝聚了我多年的心血和汗水，一旦丢失了，就好像丢失了自己的孩子，让我失魂落魄，心灵上受到了巨大的打击。

有人会说，稿子丢了，重新写一遍就是了。照理说，凭着我的记忆，寻着记忆的痕迹，我把那篇小说再重新写出来，确实没有一点问题。但问题是哀莫大于心死，在那种绝望之下，哪里还有那份心思呢？何况我们的专业基础课已经开始讲授了，作为一个好不容易考上大学、从农村走出来的孩子，总不能“不务正业”吧！于是，我暗自发下誓言：此生绝不再写中篇以上小说……

1982 年 6 月，我大学毕业后留校任教，到吉林大学参加教育部委托该校举办的全国经济法教师进修班学习一年，学习班结束后，紧接着到上海华东政法大学进修涉外经济法律。进修回来之后，校内外教学的压力，评聘职称对论文、学术著作的严苛要求，已经不允许我，也让我没有时间和精力再去写小说了。即便是 1993 年 10 月我担任了河北司法学校（现已并入河北司法警官职业学校）校长，1998 年调到河北省人大常委会工作，我都把自己的全部精力和时间，奉献给了所从事的事业，并且都取得了显著的成绩。

从 1980 年至 2013 年，在漫长的 33 年时间里，我头脑里已经完全没有了文学创作这根弦。就好像一位皈依佛门的虔诚弟子，再也没有意念去动文学创作这道荤腥，再也没有勇气去趟那道不知深浅的水了。年少时的作家之梦，也似“一江春水东流去”“奔流到海不复回”。

2011 年 3 月，我退休了。早在退休之前，领导就安排我到河北省立法研究会工作，每天照常到单位上班。但比起在正式工作岗位来说，倒也轻松了许多。

我这个人不喝酒不抽烟，不跳舞也不打牌，主要的时间就是看看书、听听音乐，阅读已经成为我的一种生活方式。正如一位诗人所描述的：“名著经典高林梢，诸子百家尤奇俏。孔孟妙文多智慧，老庄哲思领风骚。三国水浒义冲天，红楼西游更妖娆。古往今来天下事，笔端诗情逐浪高。”我每天遨游在书籍的海洋里。把读书学习，视为自己最大的乐趣。在不知不觉中，知识的累积达到了一个新的高度。

2013 年 10 月，我那颗被冰冻了的文学创作之心莫名地复苏了，身不由己地重新拾起了文学创作的旧业。不过，我并没有违背自己当初永远不写中篇以上小说的誓言，因为，我所写的仅仅是自传体的回忆录与纪实性散文而已。

那么，是什么人、什么事、什么样的力量，让一个早已心灰意冷的人怦然心动，义无反顾地重走回头路的呢？

## （三）

时间回溯至 2011 年，“五一”放假期间，为了参加初中同班同学聚会，我从石家庄赶回老家安平县城。酒席宴上，我们的班主任张根生先生说道：“我建议明年咱们不再搞聚会了，等到 2013 年，咱们隆重地庆祝一下，因为 2013 年是你们入学 50 周年。”老师说完，同学们纷纷响应，对老师的建议，深表赞成和拥护。

2013 年，在期待中一天天过去了，一直到了国庆节，聚会的事，仍如泥牛入海，杳无音讯。我等得有些着急了，急得有些像俗话所说要上房揭瓦一般。但事归事，急归急，又无计可施，因为同学们大都在安平老家，唯独我一个人在省城，既不方便联络，又不便于召集。

说句实在话，50 周年，半个世纪，真应当好好地庆祝庆祝。试想，一对恩爱夫妻，相携相伴 50 年，人称金婚之喜。而况，不论是平头百姓，还是达官显贵，又有几个人能够安享两个 50 年呢？然而事已至此，扼腕也好，叹息也罢，毕竟时过境迁，错失了的机会，根本无法再弥补……

为了那个已然错失的 50 周年聚会，我决计想办法弥补，而弥补的最好形式，就是用心用脑用情，去寻觅那已流逝了的少年时代的痕迹，重新拾起中学生活的记忆的碎片，借助有温度、有感情的文字，把它汇聚成一本可以阅读、可以记忆、可以释怀、可以传世的书，一本记录我们学习生活的痛并快乐着的书。

然而，这件事对于已年逾花甲，而且早已放弃了文学爱好的我来说，真的感到心有余而力不足。仅凭脑海里的零星记忆，没有日记（我从来没有写日记的习惯），没有任何背景资料可供参阅，要写出一部书稿来，简直有点蚍蜉撼树——不自量力。然而，开弓没有回头箭，既然明知不可为而为之，那就需要有一种顽强地拼搏精神。

从 2013 年国庆节放假开始，我把自己逼到了一个悬崖峭壁，开始了向上登攀的文学写作之旅。我放弃了所有的双休日，放弃了春节假期，白天黑夜不停地思索回忆，边想边写。

说起来可笑，由于我在“流动”的小学期间，没有学好汉语拼音，又懒得去学习五笔字，所以，我不会用双手打字，用的是极其简单的“一指禅功”。虽然打字的速度很缓慢，但却与我的思维同步。就是在这样一个个难忘的喧嚣的白天和寂静的夜晚，我忠实的情感都化作一纸如花的文字，浅记着我复杂沧桑的情绪，用真心去感悟如梦的人生，让那颗已经老迈的心灵在寂寞中得以释怀……

经过四个月的艰苦努力，一部 8 万余字、反映我们初中生活的作品《风雨少年行》书稿终于完成了，受到了老师、同学以及亲朋好友的一致好评。

应当说，写作这部中学生活回忆录，虽然动笔之初有点顾虑，但是真正写起来，并没有觉得特别吃力。因为，毫不夸张地说，我在童年与少年时代，确曾有着超乎常人的记忆力，一目十行不敢说，一目二三行还是可以做到的，而且过目不忘。所以中学时代发生的大事小情，都鲜活地存储在我的大脑这个 U 盘里，写到什么人，用到哪些事，都会像泉眼里的水，咕嘟咕嘟往外冒。我在书中记述的三年当中为我们讲过课的 15 名老师，全班 45 名同学，以及学习、劳动、体育锻炼、邢台地震、“文革”等等大事小情，全都是我自己凭着记忆想起来的，仅有 3 名女同学的名字，我记不得了，是王庆海同学帮助提供的。

在完成了中学生活回忆录《风雨少年行》之后，我心中又有了一个新的目标，就是要一鼓作气，继续写一部反映恢复高考以来，我们 78 级大学生活的回忆录《珍藏岁月的痕迹》。

坦率地说，在写作大学生活回忆录一书的时候，尽管时间仅仅过去了 10 年，但我的记忆力却有了明显的衰退，许多记忆中的缺失，都是仰仗一些同学的帮助才补齐的。

当我完成了十几万字的《珍藏岁月的痕迹》的书稿之后，赢得了更多来自于老师、同学和方方面面的充分肯定与好评。

至于去撰写长达 93 万字的《释怀人生》（上下卷），则完全是出于一位同窗好友“劝将不如激将高”的激励之策。

“作品问世，反响强烈，真不错！填补了大学生活的空白，贤弟辛苦没有白费。人生三部曲，中学、大学有了，还差一部工作后的经历。尤其是人际关系、知识的运用，对母校的毕业生有广泛的指导意义，五六万字即可。”“暂无写作激情与灵感，恐日后再说了。”“也好，好好休息放松吧。一年多来太累了，注意身体。祝你激情与灵感早日到来，哈哈。贤弟是闲不住的人，干啥事情都忙活。”

以上对话，是在我完成了《风雨少年行》和《珍藏岁月的痕迹》，并付梓之后，通过手机短信与大学同学李剑华“千里传音”的实录。

平心而论，经过连续八九个月近乎自虐的艰苦写作之后，两部书稿，20多万字，已让我身心俱疲，苦不堪言，不要说再写东西了，一看到电脑，就有一种莫名的恐惧感。

写作是需要激情的，写作本身就是作者呈现自我生命激情的过程，写作的意义在于抒写作者的独特感受，表达作者的自我意识。写作与激情无法割裂。泰戈尔说：“激情，这是鼓满船帆的风。风有时会把船帆吹断；但没有风，帆船就不能航行。”

记得是在2014年中秋节那一天，我忽然有了写作的冲动和激情，我立即抓住这稍纵即逝的宝贵机会，向文学创作高峰发起了第二次冲击，开始了挑战自我、挑战极限的写作历程。经历了7个月的鏖战与拼搏，我首先完成了《释怀人生》下卷《悠悠工作情》的写作。

写作的激情一旦被点燃，就会一发而不可收。又经过3个多月的努力，我在中学、大学两部回忆录的基础上，增写了初小、完小、社办高中三部分内容。同时，对前期完成的《风雨少年行》《珍藏岁月的痕迹》书中的重点内容和主要人物，进行了大修大改和充实完善工作，最终形成了《释怀人生》的上卷《漫漫求学路》。至此，《释怀人生》（上下卷）宣告完成。

应当说，完成这部对于我来说是鸿篇巨制的作品，我耗费了几乎全部的心血，除了大年三十给自己放一天假之外，我几乎每一个白天、每一个夜晚都在辛勤耕耘。如果白天有工作，我会全力以赴地去完成，不能因为写作而耽误或者影响工作，否则是不可原谅的。白天耽误的，我会在晚上弥补上，保证每天不少于四五千字。

有一次，当我隔了较长一段时间，又一次来到印刷厂时，一位师傅对我说：“李主任，你怎么这样瘦了？”我说：“是吗，我没有觉察出来呀！”他说：“你这次瘦得可是太明显了。”回到家里，我连忙拿出电子台秤，经过称量，体重掉了有 10 多公斤。这下子，我心慌了。

我曾听人说过，不明原因的体重减轻，不是好现象。第二天，我到了一家省级甲等医院，请求医生给我开了癌四项检查，都没有问题，又做了胃镜和彩超检查，结果查出是患了胃出血、胆囊炎。我清楚地知道，这些病症都是由于过度劳累引起的。根据医生的嘱咐，我一边吃药，一边静心休养了一段时间，病痊愈了，体重却没有再反弹，真正是无心插柳，写作让我在不知不觉中获得了减肥的意外收获。

2016 年 3 月 25 日，我第一次走进我的卧虎湾微信公众号。从我新出版的《释怀人生》一书中，精选了三篇怀念逝去的爹娘和姐姐、姐夫的文章，冠以《亲人情》的标题，通过邮箱发送了出去。

从此以后，在我的卧虎湾公众号上，我将《释怀人生》一书中的大多数文章重新修改完善后发表了，持续时间长达 5 个多月。对于我的文章，该微信公众号主编曾在我的《意外获大奖》一文后留言道：“李进章老师的作品，每天在这里，始终是免检通行的。因为他写的都是自己内心的感动，抒发的是自己的真情，这就够了，我的卧虎湾用稿的标准，就是这样标定。”

后来，我又在这个平台上发表了最新写作的《童年那些事》一书的几乎所有的文章，共计 30 多万字。直到这时候，我才真切地感受到，再这样下去，身体真的会吃不消了，应该停下来放松一段时间了。

于是，我在 2016 年 7 月，暂时放弃了写作，进入到了唱歌活动中，想尽情尽兴地娱乐一番。一开始，我演唱京剧选段，但由于唱歌软件里边京剧选段的伴奏很有限，我不得不改为诗歌朗诵。

在朗诵方面，我有一点小小的资本，如前所述，我在1970年，曾在公社广播站当过两年播音员。我的朗诵作品，颇受听众喜欢，经常有人留言褒奖、献花或赠送K币（一种游戏用币）。我每发表一首朗诵作品，就会进入唱歌软件自评系统的人气日榜前三名。这既有熟能生巧的原因，更有自己虚心向诵友们学习，不断探索提高播音技巧的因素。

说实话，当初走进唱歌软件时，主要是想放松一下紧绷的心弦，没有想到会待一年多时间，这或许是我对所做的事情都太过认真的秉性所致。当爱好成为一种负担，当视力因手机不离手而受到较严重的影响，当我的两部书稿还等待我修改时，我下定决心，在2017年国庆节之前离开了唱歌软件，离开了那个曾经让我欢喜让我忧的地方，离开了那群朝夕相处、依依不舍的朋友们。

开心过后，复归于平静。人总是在沉静后才会看清自己。我开始静下心来细细品读自己的作品和阅读文学大家们的精品。慢慢地看清楚了自己与人家之间的巨大差距。其实，业余写作与作家是有着质的区别的。真正的好作品应是作者思想的沉淀和文字表达艺术的完美结合。无论写景、叙事，还是议论、抒情，都是为了袒露一份真知和灼见，而绝不是什么单纯的情节编凑，更不是什么辞藻的堆积与卖弄。我知道，自己离那个作家梦还相距甚远。同时，我也忽然醒悟，我这么多年的辛苦劳作，是正在朝着少时的作家梦而努力奋斗。

自此，我又重新开始了文学创作。在继续给我的卧虎湾投稿的同时，为了拓宽渠道，广交天下文友，2018年11月26日，我精选了一篇自己认为拿得出手的散文《那一株君子兰》，投给了绝对文学微信公众号。虽然，我知道我的好朋友老杨大哥是该平台的总顾问，但我并没有告诉他。而是直接通过邮箱发给了当时并不认识的魏强主编。等文章发表后，老杨大哥才获知这一消息。过了一段时间，我觉得同时为两个平台供稿有点吃力，于是放弃了我的卧虎湾微信公众号，专供绝对文学。到现在，我已在绝对文学微信公众号上发表散文、随笔、小说共59篇。

应当说，能够加入河北省作家协会，这对于我来说，仅仅是圆了我年少时的一个作家梦想，这只是在文学道路上迈开了第一步。我特别感谢帮助我圆梦的河北作协领导和评审专家同志，是他们甘当人梯，提携我这个老朽迈上了一个新的台阶。我对此深感荣幸，定当竭尽全力，百尺竿头再进一步，争取多出新成果，哪怕为河北文坛添不了斤，也要添个两；增不了砖，也要增一块瓦。

我相信，从我老来方圆少时梦的经历中，一定会有更多的青年人、中年人或与我同龄的老年人从中受到启发，更加坚定信心，鼓足勇气，只要能够静下心来多读书，深入生活多写作，各级作协的大门会随时为你们敞开。

来吧，亲爱的文友们，让我站在新时代文学的大门口，恭候你们的到来！

# 第三辑　大爱无疆

# 寻找失踪的大学生

这里记录的是一桩陈年旧事，希望这件发生在35年前的悲剧能够给人以警醒，给正在上大学和大学毕业后的年轻朋友提一个醒，要学会保护自己，免受人身伤害。

1987年，我在省城一所大学任教，同时担任系里主管教学的副主任。5月初，到外地参加毕业实习的学生都返回了学校，他们收拢放松了一个多月的心情，专心致志地准备毕业论文，一旦论文通过答辩，他们就可以由学校根据上级下达的毕业生分配计划以及参照在校期间的表现进行分配，或是留校，或是分配回原籍，或是分配到其他需要人才的地方。那时候，国家对大中专毕业生还实行按计划分配。

就在这时候，83级毕业班的一个班主任，向系领导报告了一个不幸的消息。3月份，他和另两名老师带领本班学生到外地实习。其间，学生王江（化名）收到家中发来的一封电报，电文是："母病重速回！"看到电报，王江十分焦急，向带队的老师及班主任请假，要求回家探望母亲。

班主任当即准了假，还特意安排两名同学陪他到火车站买好车票，将他送上了返回石家庄的列车。毕业实习结束已经三天了，王江仍然没有返校，班主任着了急，跑到市邮电局给他发电报。那时候，别说手机，就连 BB 机（寻呼机）都没有，一个村子里能有一部固定电话就不错了。所以，发电报是当时唯一的最快捷的方式了。

第二天，王江的二哥拿着电报急急忙忙赶来学校，对班主任说："毕业实习期间，我母亲确实得了病，但病得并不是很严重，老人家主要是想老儿子了，这才发电报让我弟弟回了一趟家。为这事，我弟弟老大不高兴。听说实习结束了，他马上就收拾东西准备返回学校。三天前，是我大哥亲自把他送上长途汽车的。""那你大哥呢，他怎么没来学校？"班主任问道。"我大哥把弟弟送上车后，就去外地洽谈生意去了，还没有回来呢！"

班主任听了王江二哥的一番话，觉得很纳闷，王江的家乡隶属石家庄地区（当时尚未实行地市合并），离学校满打满算不足 50 公里，那时虽然有直达石家庄的长途汽车，但汽车不卖给学生半价票，他们县城有火车站，汽车站离火车站也就一公里多地，而且坐火车，学生可以享受半价优惠。所以像王江一样的农村大中专学生，都愿意坐汽车到县城，然后换乘火车到石家庄。王江坐汽车到了县城，会直接去火车站，青天白日的，一个成年男子会出什么事呢？此外，听王江二哥讲，他们家在县城和石家庄都没有亲戚，就是临时有其他事情要办，也得先回学校后再说。

班主任和王江二哥互通了情况，都觉得这件事太蹊跷，双方商定，待进一步了解情况以后再做沟通。

时间又过去了两天，王江的大哥、二哥一起来到学校，他大哥将那天送弟弟上汽车的情况，又详细地叙述了一遍。那天，他弟弟把从学校图书馆借阅的图书装进一个黑色帆布包里，身上斜挎一个绿色军用背包，由其大哥骑自行车驮着他来到公路边的一个候车站。等了时间不长，长途汽车就来了，他亲自将弟弟送上车，为他买了车票，这才放心地离去。

班主任和王江的大哥、二哥三个人沟通了情况后，都觉得这件事情没有什么差池，除非出现意外情况，可是会有什么意外情况发生呢？三个人一致认为，按理说应该不会有意外情况发生，但事实是王江已经从家出来五六天了，还没有到学校来，这不就是意外情况吗？他们顿时有一种不祥的预感。经过商议，他们决定将情况如实向系领导汇报。

当时，我们系的领导班子还没有配齐，只有系党总支书记张玉兰、副主任周泽信和我三个人。没有系主任，学校指定暂由周泽信老师主持系里的全面工作。此外，系里还缺少一名主管学生和行政工作的副主任，暂时由我兼任。

由于事发突然，事态严重，我们三个系领导研究之后，立即报告了院领导。院领导对此事非常重视，决定由一名主管学生工作的副院长主抓，下设一个办公室，办公室由我和学生处、保卫处各一名副处长组成。人手不足时，随时从这三个部门抽调。

主管副院长当即召集我们开了会，在听取了王江的班主任介绍情况后，办公室成员随即进行了分工：一路到王江家乡一带做进一步摸底调查，收集新情况；一路通过王江同宿舍同学、老乡，了解四年来他的思想、学习、生活以及对外交往的情况；一路到石家庄地区公安处报案，寻求指导和帮助。

按照分工，我和保卫处老田去了王江老家 K 县。老田名叫田参军，他还真参过军，从部队转业后，被安排到学校保卫处。田参军个头不高，细皮白肉，人很实诚、厚道，办事认真可靠。因为保卫处还有一个姓田的，人长得黝黑瓦亮，两个人相比真是黑白分明，为了便于称呼，人们管他俩叫白田和黑田，白田自然就是田参军了。

我和田参军到了K县之后，首先去县公安局报了案，以取得他们的支持和帮助，也便于独立开展工作。然后，我们到县长途汽车站和火车站及周边地区详细地进行了考察，并画了一幅草图，还记下了王江乘车当日汽车站和火车站的发车情况。据此，我们分析，在正常情况下，王江会在白天赶到石家庄。既如此，一个成年男子，为什么会在白天出事呢？一定是遇到了什么不可预知的情况。

正在这时候，我们获知了一个重要情况：在王江乘车的那天，车上有一位与他同村的老太太。那老太太当天是在姑娘家上的汽车，即王江上车的下一站，所以这一情况王江的大哥并不知道。得知此情况后，我们租了两辆自行车，骑车赶到老太太家中去了解情况。据老太太回忆，那天她确实看到王江坐在汽车前边，因为她上车晚，所以坐在了汽车后边。

提念起来，老太太对王江印象很好。有一年，她带着小孙子到石家庄去看望在铁路上工作的丈夫，但进了城两眼一抹黑，根本就不知道路该怎么走。王江听说之后，想办法借了一辆三轮车，驮着她和小孙子，安全地把她们送到了丈夫的驻地。为此，老太太一直心怀感激，想找个机会好好答谢一下这个热心肠的小老乡。

那天她在汽车上见到王江，心想报答恩人的时机到来了。等汽车到了县城，请他一起下车，到自己儿子家吃顿中午饭，以表示感激之情。可是，汽车开进县汽车站之后，她看到王江匆匆忙忙地提着行李下了车，好像车外有人向他招手。等到她下了车以后，王江已消失得踪影全无……

听了老太太一番话，我们更加坚定了之前的分析，王江确实是在白天走失的，而且就在县汽车站周围。另外，我们还了解到，改革开放初期，农村万元户还特别稀少，但是王江的大哥借着政策的东风，投身商海，通过抢抓机遇，成了全县小有名气的万元户。

我们把了解到的情况向县公安局的同志做了汇报，希望得到他们的指教。县公安局一位副局长说："这件事听起来似乎有了一点眉目，实际上还很难说。你们的学生或许是被熟人叫走了，或许是早就被坏人盯上了也未可知，世事难料啊！"接着，他讲述了一个他亲身经历的典型案例：20 世纪 60 年代，B 市一所大学的学生来 K 县实习，那时生活条件艰苦、单调，学生们最感兴趣的是五天一次的县城大集。在集上，可以买点好吃的东西改善一下生活。于是，赶集成了他们唯一的爱好。有一个集日，几个学生一起来到县城大集，因为赶集的人特别多，十分拥挤，他们被冲散了。天快近中午了，有一名男生独自往回走，走着走着迷了路，来到了一个废弃了多年的旧砖窑旁。那年雨水特别多，地里的草都长疯了，密密匝匝地将窑坑的口给封盖严实了，结果他一脚踏空，掉进坑里。那个大坑特别深，下过雨之后，坑壁湿滑。他试着往上爬，爬不上去；大声喊人，荒郊野外也没有人能够听到。几天过去了，他腹中无食，冻饿而亡……走失了学生，学校和县里派出多路人马，四面八方到处寻找，始终是杳无音信。也不知过了多少年，省里修公路，要通过这个窑坑，只见坑底有一堆白骨，白骨堆上有一个金属校徽。那个走失的大学生之谜，至此才被揭开了。

听了这个貌似与我们的学生没有关联的案子，我们也从中得到一点启示。看来，我们的学生凶多吉少，说不定遭人暗害之后，已抛尸荒野……

回到学校，校领导马上召集外出人员开碰头会，介绍情况。除了到地区公安处报案的之外，我们两路都有所收获。那一路通过对王江的同乡、同学了解情况，得知他从小就是一个性格内向、老实厚道的人。他在家里是老小，从中学到大学，即使放了寒暑假，他都很少下地干活或外出串门，成天待在家里。因此，村子里的大人小孩，没有几个认识他。在学校，他总是在课余时间待在宿舍里看书，抄抄写写，在他的褥子底下，还发现了一部尚未写完的小说稿子……

在听取了大家的汇报之后，副院长问我有什么想法。我分析说：“从大家的汇报和我们了解的情况来看，我认为王江同学已遭到了坏人裹挟，或许已经遇难。”话说到此，会场里一片哗然。我没有理会，继续说道：“大家想想看，王江的大哥是当地有名的万元户，而王江却很少有人认识，误将他当作来与他哥哥洽谈生意的外地客商，绝非没有这种可能。而且他装在黑色提包里的书，鼓鼓囊囊，仅从外表看，无法判断里边装的是书还是人民币（那时农村很少有人使用银行卡），何况又是他大哥亲自将他送上汽车，他很可能已被坏人盯上了。”听了我的分析，副院长频频点头，也有一部分人赞同我的观点。但是，一些想象力丰富的人，则提出了许多其他猜想：“他性格内向，会不会到少林寺出家为僧了呢？”“他会不会是到东北去参加森林救火啦？”那一年，华裔歌手费翔来华演唱了一首成名曲《冬天里的一把火》，结果没过多久，东北恰好发生了一场罕见的森林大火，出动了大批消防战士、军人、民兵等，全社会都参与到灭火的战斗中……也许这些想象和猜测不一定符合实际，也不合乎逻辑，但试着到处去找一找，总比待在校园里苦思冥想好多了。于是，学校派出几路人马，到王江高中同学所在的外地高校去寻找，还派出了一拨人直奔嵩山少林寺……

古龙说：“找人是件很奇怪的事，有时候你不想去找一个人的时候，他总是随时随地在你面前出现，等你要找他的时候就找不到了。”

十几天过去了，外出寻找王江的人们拖着疲惫的身体先后回到了学校，在一起交流的时候，大家都简单地用两个字来概括：“没有。”“没有”虽然只是一个中性词，虽然本身没有温度，但此时此刻，它却成为一个最令人失望、最叫人寒心、既贬义又冷酷无情的一个词汇。

在学校不惜一切代价派人四处寻找，在公安机关出动警力协助破案的同时，王江的家人、亲戚们更是心急如焚，几乎想尽了一切办法，几乎找遍了他们认为王江有可能去的所有地方。学校和家里，都急切地想找到王江，哪怕他遍体鳞伤、伤痕累累，哪怕他已经停止了呼吸。无论如何，人们都想破解开其中真实的谜底！

1 个月过去了，2 个月过去了，美好的愿望终究没有实现。悲痛欲绝的王江的母亲，一个白发苍苍、皱纹堆叠的老人，来到学校，来到儿子的宿舍，趴在儿子睡了四年的床铺上，说什么也不肯起来。她说要在这里等着儿子回来，见不到儿子，她死也不肯离开。我同情这位可怜的母亲，但情况又不允许她这样做。我对老人家说："您儿子和同宿舍的同学虽然亲如兄弟，但是，孩子们都大了，不方便和您睡在一起。"加上王江两个哥哥苦苦劝说，终于将老人动员回了家。

1 年过去了，没有消息；10 年过去了，没有消息；35 年过去了，依然没有消息。王江到底去了哪里？成了一个无法破解的谜案。

我始终相信，天网恢恢疏而不漏，终有一天，王江失踪的谜案一定能够得以破解！

# 一封“遗书”藏秘密

说起来，这件事情发生在 1989 年仲春时节。

这一天傍晚，早已经过了下班时间，我和系里主持工作的副主任周泽信老师安排好第二天的工作，正准备回家时，他办公桌上的电话铃声响了，趁着周老师去接电话的工夫，我下意识地看了看腕上的手表，时间已是晚上六点二十八分。开始时，周老师接电话的声音很平缓，他那略带天津口音的普通话和富有磁性的男中音，听起来让人很惬意。突然，周老师说话的声音提高了好几个音调，几乎是吼着说道：“什么，你说什么？遗书，不会吧！”由于他说话的膛音很大，对方在说些什么，听不清楚。时间不长，就听周老师说了句：“好吧，谢谢你们，我们马上派人过去！”说完，周老师颓然地放下电话，脸色由红润变成了煞白，额头上浸出了几颗细微的汗珠。我急忙问道：“周老师，出什么事了，看把您给急的。”周老师喘了口粗气，声音有些颤抖地对我说：“进章，不好了，咱系又出人命关天的大事啦！”说着，他拉过一把椅子，叫我坐下，他也坐回到自己的椅子上，喘息了好一阵儿，这才说道："刚才是孙村派出所打来的电话，听我把事情的原委跟你学说一遍。"

据周老师讲，那天下午大约三四点钟，一对母女到自家地里去摘西红柿，他们家的地紧挨着公路。走进半人多高的西红柿丛里，母亲只顾摘西红柿了，没注意脚下，觉得好像被什么东西给绊了一下，低头一看，原来是一个浅绿色的军用挎包。她把包捡起来，见带子没有系着，一看里边，有一双半新的袜子，还有一个硬皮本子。这一准是谁不要了，随手扔进地里了，她正愣神寻思，她家的小姑娘凑了过来，打开本子一看，小姑娘高兴坏了，原来那是一本她平时特别喜欢的集邮册。一见了这件宝贝东西，小姑娘就不肯放手了。娘儿俩摘了西红柿，把捡来的绿挎包也带回了家。到了下班时间，小姑娘的父亲回来了，见女儿笑逐颜开非常专注地在翻看一个本子，便问她看什么那么高兴。小姑娘就把在西红柿地里捡到一个书包，包里有一本集邮册的事说了一遍，她父亲没有再问下去。忽然，小姑娘嚷道："爸爸，快来看哪，这集邮册里还夹着一封信呢。"她父亲接过信，见没有封着口，便掏出里边的信笺纸来看，还没等看完，父亲顿时大惊失色，说："孩子，快把东西收拾一下，这包咱得送到派出所去！"小姑娘不知道发生了什么事，有点舍不得那本集邮册，就问道："为什么非要把它送派出所呢？"她父亲说："这不是一封普通的信，而是有人留下的一份遗书，这人怕是要寻短见了，咱可不能见死不救啊！"于是，她父亲立即骑上自行车把包送到了辖区的孙村派出所。

派出所民警问明了情况，这才打电话通知了我们，因为那封遗书的落款是河北财经学院贸经系学生雷生（化名）。

听完周老师的介绍，随即，我和周老师做了分工，由我骑自行车到派出所去取东西，周老师到雷生所在班级去了解情况，之后，再回周老师办公室来碰头。

我几乎不记得自己是如何从车棚里推出了自行车，又是如何骑车子赶到派出所取回书包的，反正当时大脑里一片空白，仿佛做这些事情都是机械的，如同在梦境里一般。直到与周老师再一次坐到办公室，打开那封“遗书”，从头至尾念了一遍，这才如梦方醒：原来这一切都是真真切切的。

这份“遗书”是写给一家杂志社的，不知为什么没有寄出。在信的开头，写信人首先做了一番自我介绍，然后将心中积蓄已久的愤懑和委屈，在信中尽情地做了宣泄。原来“文革”前，雷生一家在山东省一座小城市生活，父亲是公立学校教师，一家人都是商品粮户口。“文革”期间，因受其在台湾的伯父牵连，他们被扣上有海外关系的帽子，被遣送回原籍。其父亲的教师资格被剥夺了，一家人的商品粮户口也被取消了。为此，他父亲一次次地上访，但始终没有结果。这件事在他幼小的心灵里埋下了怨恨的种子。随着年龄的增长，他更感到世道不公，心理压力巨大，以至于无法承受，所以便写了这封信，声称要离开这个丑陋的世界。

令人感到困惑的是，这份“遗书”的落款部分，没有注明写信的日期，而且从字迹来看，不像是新近才写的。

我和周老师对了解到的情况，进行了认真梳理，写“遗书”的学生雷生是86级的，平时表现尚可，没有发现有什么思想偏激倾向。当天上午，他向班主任老师请假回家了。于是，我们决定先打个电话，了解一下雷生是否已经到了家里。那时候农村电话还没有普及，只有村委会有一部固定电话，因为平时没有人值守，所以只有在大队干部们开会或是有人要打电话时，才会接通。对这一情况，我了解得一清二楚，因为早年间我也当过公社分机的电话员。即便这样，我还是试着拨通了雷生家所在公社的分机电话，向接线员说明有急事需要与雷生家联系，希望能够接通他们村子的电话。接线员很负责任，一连要了几次，可村里的电话就是无人接听。不过，接线员告诉我一个可靠的消息，雷生的父亲在公社中学教书，今天太晚了，学校已经没有人了。明天可以把电话打到学校，那里的电话白天一般是畅通的。事已至此，也只好耐心等待了。

那天晚上，我躺在床上，翻来覆去睡不着觉。就像电影《闪闪的红星》里的那句歌词："夜半三更盼天明，寒冬腊月盼春风。"我当时的心情即是如此急迫。

吃过早饭，我匆匆地来到学校，过了一会儿，周老师也来了，看着他布满血丝的眼睛，我知道他也是为了此事着急上火，一夜无眠。

上午八点，打给雷生父亲所在学校的电话接通了，不过接电话的不是他父亲，而是他在那里上学的妹妹。这种时刻，不管是谁，只要是雷生家的人就行啊！我在电话里对小姑娘说："我是你哥哥的老师，有一件事情想问问你，你哥哥昨天晚上回家了吗？""没有，我哥昨晚没回家呀。"对方的回答让我感到吃惊，这简直就是晴天霹雳！从我的表情，周老师也看出了一些端倪。我们的共同感觉是，事情的结果，远比我们想象得要严重得多。

按照提前商量好的预案，我立即带领雷生班上的一名同学赶往他家。周老师根据事态的发展，考虑要不要向系党总支书记张玉兰报告。在事情没有完全弄清楚的情况下，尽量不要惊动她，而且她患有帕金森综合征，千万不能因为这件事，再让她承受心理上的压力。

我和雷生班上的同学坐市内公共汽车，赶到了长途汽车站。那时，开往各县的长途汽车每天只有一班，我们赶到的时候，去县里的汽车早就开走了，只好坐去地级市的汽车，到了以后，再想办法从市里往县里去，否则就要多耽误一天。时间紧急，容不得犹豫，我们买了两张去市里的汽车票，匆匆上路了。在汽车上，雷生的同学问我此行去干什么，我对他说："等到了地方你就知道了。"

事实上，我们跑这一趟，到底是去干什么，这位学生到最后也没有弄明白，因为从始至终，我和周老师都严格保密，连自己家人都没有告诉，其他人更无从知晓了。

当我们风尘仆仆从市里赶到县城的时候，已经是下午五点多钟了，还没有来得及吃午饭，肚子早已咕噜噜叫了，我们找了一个比较干净的小饭馆，要了两碗面条，等面条端上来，我让那位学生先吃着，出来找了一个公用电话，急忙给等候在家里的周老师通报了情况。周老师在电话里一再嘱咐我："千万不要着急，饭要一口一口地吃，路要一步一步地走，事情要循序渐进地办，不能操之过急，急坏了身体也无济于事。"周老师的话语简短而富有哲理，让我急躁的情绪得以平复。

吃过饭以后，我们找到县招待所，以交押金的形式，租了两辆自行车，打听好去雷生家所在的村子的路，骑上车子就出发了。谁知出了县城，离开了柏油马路，接下来全是泥泞的乡间土路了。头天晚上，这里刚刚下过一场大雨，路面上的坑洼之处，全都积着水，路面被轧翻了，到处一片泥水洼。我们骑车走出不到一百米，自行车轱辘就不转了。我从路边找来两根木棍，递给学生一根。他是城市里长大的孩子，没有在农村泥水路上骑过自行车，不知道该如何应付这种情况。他学着我的样子，用木棍将积聚在车轱辘与车盖瓦之间的泥块子捅出来，车子又可以骑上一小段路了。就这样骑一会儿，停下来捅一捅盖瓦上黏的泥，接着再骑行，又走出了一两公里路。这时，我们身上已被汗水湿透，裤脚上溅满了泥水。我们停下来，歇歇脚，我点上一根香烟贪婪地吸着。我一边吸烟，一边在心中盘算，这里距离雷生家所在的村子还有十五公里路，怎么办？是返回县城再做道理，还是坚持走下去呢？

想到雷生还没有消息，哪里耽搁得起呢？于是，我们继续艰难地往前走着。大约走出七八里路的样子，来到了一个十字路口，按照先前打听好的路线，要在这里下大道改走小道了。这里的小道比大道更加难走，因为这一带都是黏性土壤，自行车根本就没办法骑行，甭说骑了，推着都走不动。遇到这种情况，只有一个办法：把自行车扛起来走。

就这样，我们扛起车子，慢慢地向村庄的方向走去，走一阵儿歇一歇。肩膀压痛了，双腿累得发酸，脚踩在路上，就像踩在棉花堆里。当来到雷生家的村口时，我划着一根火柴，看了看手表，已经是夜里十一点十三分了。

村子里黑漆漆、静悄悄的，人们大都已经进入了梦乡，偶尔传来几声狗的叫声。我们摸索着进了村，见有一户人家还亮着灯，便上前敲门，就听屋里传来问话的声音："谁呀，这么晚了，有什么事吗？"我连忙回答说："我是雷老师（指雷生的父亲）的学生，是从外地赶来看望他的，能告诉我们他家在哪儿住吗？""一直往前走，到了十字路口往东拐，路北第二家就是。"屋内有人搭腔说。"嗯，知道了，多谢啦！"道完谢，我们继续赶路。

到了雷生家门口，我敲打着门环问道："这是雷生的家吗？"随之，屋里的灯亮了，有人回答道："是啊，找他有什么事吗？"我搭茬说："我是雷生的老师，从石家庄来的。"工夫不大，就听大门"吱扭"一声开了，借着灯光，我分明看到是雷生的轮廓，激动地说："小雷，真是你吗？我终于找到你啦！""李主任，是我，快请进屋吧！"直到这时候，我那颗始终悬着的心这才落了地，什么饥饿，什么疲劳，都统统抛到九霄云外去了。

雷生把我们领进他的房间，他母亲听说是自己儿子的老师来了，连忙穿好衣服跟了过来，热情地问这问那，我一边回答，一边告诉她："我们还没有吃晚饭呢，麻烦你给做点吃的吧。"雷生母亲不好意思地笑笑，说："你看我这个人，见了老师，光顾着高兴了，我这就做饭去。"雷生端来一盆热水，让我们擦洗过脸。

过了一会儿工夫，雷生母亲就把饭做好了，两大碗热气腾腾的面条，里边卧着两个荷包蛋，上面漂着一层油花，香气扑鼻。我们也不客气，贪婪地吃起来。吃完饭，雷生的母亲抱来两床崭新的被褥，给我们铺好床铺，就告辞走了。随我来的学生洗了脚，脱衣服躺下，一沾上枕头，就响起了鼾声。

屋里安静下来以后，我悄悄地问雷生："你书包是咋回事？里边的信又是咋回事？赶紧告诉我。"雷生叹口气说："我在汽车站排队买票时，书包不小心被人给偷了。那封信是我刚入学不久时写的，都怪我思想太幼稚，给领导添了这么大麻烦。"我又问他："那天你回来后，为什么不回家，到哪里去啦？"雷生说："那天我没有回家，是到姥姥家去了，姥姥生病了，我这次请假回来，就是为这事。"

一个谜底，就此揭开；一场误会，就此消散。

最后，雷生恳求我说："李主任，这件事，你千万不要向我的家人提起，特别是我父亲，他要是知道了，肯定不会饶恕我。"我很痛快地告诉他："你尽管放心，这件事只有你我和周老师三个人知道。不过，你以后千万不可以再做傻事了。"雷生千恩万谢，答应以后绝对不会再做蠢事。

事情过去两年以后，雷生毕业参加了工作，他在来信中告诉我：他大伯从台湾回老家探亲了，受到当地人民政府热烈欢迎；他父亲落实了政策，恢复了公职……

从悲剧开始，以喜剧结束，正是"天若有情天亦老，人间正道是沧桑"。

# 为了留住同学的生命

1999年，大约是过了正月十五，我的同学王振平告诉了我一个消息：在唐山工作的高吉忠同学病了，好像病得还不轻。

当时，我感到十分意外，一是在大学期间，高吉忠就先天具备一副好身板，他是个爱好运动的人，篮球、乒乓球都打得相当不错，而且在年轻同学之中顶数他个子蹿得最快，由入学时一米六多的矮个，到毕业之前，已长到了一米八左右；二是我在司法学校工作期间，为了购买建教工宿舍楼所用的钢材，曾几次到唐山，通过在唐山钢铁公司工作的程品湘同学帮助联系，去了之后都是在高吉忠公司所属的宾馆下榻。在唐山的老大哥张振文同学的招呼下，几位在唐山工作的同学便蜂拥而至。吃完晚饭，聊一会儿天，便自由结组，打扑克的打扑克，玩麻将的玩麻将。通常是热闹一宿，第二天吃过早饭，一哄而散，上班的上班，办事的办事。

那时候，高吉忠的身体好端端的，什么毛病都没有。高吉忠才三十来岁，正处于人生最美好的血气方刚、义薄云天的青壮年阶段，不像我们这些个老大哥，成天大毛病没有，小毛病不断，年年体检都会查出一些新毛病……

1982 年 7 月，我们大学毕业分配时，高吉忠原本可以留在石家庄地区（那时地市尚未合并），因为他老家是行唐县的。但是，他却服从组织分配去了唐山，就像歌曲《好男儿志在四方》歌词描绘的那样：

为了理想，告别了爹娘
不怕苦与累，一个人闯荡
离开了家乡，历尽了风霜
四处漂泊，历尽人间的沧桑
再多风雨，一个人去扛
不怕人生路，挫折和困难
心中有梦，不断向前闯……

他抱着“好男儿志在四方”的豪情壮志，与同属石家庄地区的李学，原籍邢台地区的程品湘，原籍沧州地区的田云普、牟金豹，一起远离故土，远离家人，分配到大地震刚刚过去 6 年，一切都在恢复之中的唐山市。

说起来让人感动，那一年被分配到外省或者是本省外地市的，多数是二十郎当岁的毛头小伙，如分到山西省的牛志云、张喜东、张申林等。分配方案一公布，没有一个找、闹、求情的，没有一个怨天尤人、叫苦不迭的，更没有一个在背地里说三道四的，他们全都愉快地服从了组织的分配。这就是 77、78 级大学生的宽广胸怀，这就是 77、78 级大学生的高尚情操，这就是 77、78 级大学生受人尊敬之处！

奥斯特洛夫斯基在《钢铁是怎样炼成的》这部名著中有这么一段话："生活赋予我们一种巨大的和无限高贵的礼品，这就是青春：充满着力量，充满着期待、志愿，充满着求知和斗争的志向，充满着希望和信心的青春。"

这些正值青春年华的同学，满怀着信心、希望和理想，决心到祖国最需要的地方，"打天下""闯世界"，渴望闯出一片属于自己的天空，梦想让青春飞扬！正如诗人解三川在《到祖国最需要的地方去》的诗中所激情描绘的那样：

哪里
才是我们生命的天地
走到祖国最需要的地方去
哪里
才能体现青春的真谛
走到祖国最需要的地方去
朋友让我们走
肩并肩手挽手告别故乡告别爹娘
…………
走到祖国最需要的每一个地方去
只要祖国需要
就让我们的生命成为
一棵不倒的树
一株不折的花
一座永远矗立的界碑
扎根在祖国最需要的地方……

1982 年 7 月，当高吉忠、程品湘、田云普、牟金豹等几位小同学远离故土，来到陌生的举目无亲的唐山时，得到了唐山籍张振文、张贵岭、昝九占（在我班进修）等同学无微不至的关心和照顾。作为老大哥，张振文、张贵岭、昝九占等极尽地主之谊，与这几位外地分来的同学始终保持着亲人般的联系。他们像对待自己的亲弟弟一样，倾尽全力精心庇护这几个小弟弟，从政治进步、工作生活，到婚姻家庭等各个方面，无微不至地关怀照料，使这几个小弟弟健康茁壮成长。尤其是张振文同学作为老大哥，对几个小弟弟更是倾尽心力、呵护有加。

在以张振文为首的大哥哥们的关心帮助鼓励支持下，高吉忠他们几个外来户，很快适应了工作生活环境，一个个立了业，成了家，添了宝宝，生活美满，家庭幸福，事业蒸蒸日上。

俗话说，天有不测风云，人有旦夕祸福。1999 春节，时逢正月初六，由高吉忠做东，唐山市内的同学一起聚会，恭贺新春，畅叙友情。酒席宴上，众位同学见高吉忠额头多汗，脸色蜡黄，而且体重减轻，呼吸不畅，说话如负不堪之重有气而无力，感觉有异。大家纷纷提示他抓紧时间到医院去检查。但是，万万没有想到，正月初十,一个不幸的消息传来，吉忠患上了幼稚粒细胞白血病，这已是我们同学中第二位不幸患此顽疾的了。1988 年，三十多岁的郭强同学就因患此疾病，过早地离开了人世。

高吉忠同学患上白血病的消息如同一个炸雷，惊得唐山市的同学们目瞪口呆。为了留住他年轻的生命，根据医生的建议，大家帮助高吉忠转院到了天津市血液病研究中心，做进一步检查治疗。与此同时，唐山市的同学及时将这一情况告知了马誉峰、王希桐、郭立田、渠新军等同学。随即，石家庄方面、衡水方面的同学、朋友都派出代表前往天津探视。

当得知高吉忠所在的公司从五月份以后，就已无法继续支付高额的医疗费后，由马誉峰、王希桐、郭立田等同学发起，为高吉忠同学进行了第一次捐款活动，每人少则一千元，多则不限。记得为了凑个整数，马誉峰和朱仲达同学各拿出了三千元。

实话实说，当时同学们因为成家、生孩子或其他原因，经济上都有一定困难。但大家都伸出了援助之手。唐山的同学在捐款活动中，拿一千元、两千不等，各尽其力。后几届毕业的同学也有随我们班同学一起捐款的，多数则自己另行组织捐款。特别令人感动的是，当时在香港工作的张景智同学得知这一消息后，立即通过在唐山工作的牟金豹同学的中国银行账户，给高吉忠捐了一万元港币（当时货币兑换汇率，港币高于人民币），重情重义，令人感动。

其后，高吉忠的四个哥哥为了挽救弟弟的性命，争着为他提供造血干细胞，通过医院做配型，医生认定其三哥各项指标与他最为接近。于是，医院通过大剂量放化疗预处理，消除高吉忠体内的异常细胞，再将其三哥的造血干细胞移植给他，使高吉忠重建正常的造血及免疫系统。

在整个治疗过程中，高吉忠同学表现得十分顽强，头发掉光了，身体很虚弱，与前来探望的唐山同学一起，努力地竖起食指和中指，那是表示胜利的手势。顽强的生存欲望让他战胜了恐惧与痛苦。

“一个人只要还有活的机会，为什么要轻易放弃？”在同学们默默地祈祷和祝福中，高吉忠终于站起来了，对自己的未来也充满憧憬。他曾经对自己最知心的老大哥张振文说：“出院以后，我要办一个属于自己的公司，一元注册。还要办一所学校，让我爱人管理，她最喜欢做学校管理工作了。”

经过成功配型移植，观察治疗了一段时间之后，高吉忠摆脱了死神的禁锢，奇迹般地站立起来。

出院之后，高吉忠来到石家庄，一来回行唐县老家看望家人，二来感谢同学们为挽救自己生命的付出。记得高吉忠来石家庄后，由尚未从部队转业的王希桐同学做东，十几位同学在原陆军学院东边路北的一家饭店的二楼聚餐。

有人说："古今英雄，并不是对死这个问题有畏惧之念，不过，一个死里逃生的人，却会感觉到生存的重要。"那时，高吉忠大病初愈，头发已然长了出来，虽然面容憔悴，但人显得很有精神，与同学们谈笑风生。大家都以为他已逃过劫难，纷纷祝愿他"大难不死，必有后福"。然而在场的每一个人任谁也预料不到，这次聚会竟然成为永诀！

高吉忠返回唐山以后，已记不得过去了多长时间，从唐山同学那里传来一个极坏的消息：高吉忠病情复发，又去了天津那家医院治疗。在石家庄的同学无不感到震惊。

记得有人说过："世上有许多事，都是人们无法避免的。一如夕阳虽好，却已将逝；水流虽长，亘古不息，又有谁能留住将逝的夕阳和奔流的河水呢？"

明知不可为而为之，为了留住高吉忠同学的生命，同学们又自发地组织了第二次捐款，每人还是至少一千元。上一次没有得到消息的贾忠国同学，将自己一个月的工资（近万元）直接寄到了高吉忠住院的医院，尤为令人感动的是，姚今观、范九如老师夫妇听说之后，也捐出了两千元。老师和同学们仍然像上次一样，期盼着奇迹再次发生。然而，花落人亡，天地无情，这次大家等来的却是一场痛苦的生死离别。

大约是 2001 年 7 月份的一天，我们亲爱的小弟弟高吉忠"正值青春年少，无奈天不玉成，拒降大任于斯，强促其英年早逝，令人痛断肝肠（张振文同学语）"。

可怜的高吉忠，他还有一个温暖的家，有一个可爱的女儿。在行唐老家，高堂老母健在，还有疼爱他的四个哥哥以及一大帮侄子侄女。他才 38 岁啊，他不该走啊，但是却抛下一切，就这么走了。正如古龙在《边城浪子》一书中所说：“有很多人都不能死，却偏偏还是死了。生、老、病、死，本就全都不是人类自己所能主宰的，这也正是人类永恒的悲哀和痛苦。”

我时常在想，高吉忠同学短暂的一生，多像一颗流星划过天宇一样。当流星出现的时候，就算是永恒不变的星座，也夺不去它的光芒……

# 第四辑　江山多娇

# 北京世园会掠影

长城脚下，北京延庆，肃穆的海坨山和官帽山遥相对望，拥抱着奔流不息的妫河。河岸桥畔，一条条道路错落有致，一座座场馆拔地而起……

2019 年 4 月 29 日，由中国政府主办、北京市承办的 2019 年中国北京世界园艺博览会（简称世园会）在这里拉开了帷幕。

这是继 1999 年昆明世界园艺博览会之后，国际上最高级别（A1 级）的园艺博览会再一次来到中国。

园艺是人类与自然沟通的一种独特方法。如果说 20 年前的昆明世园会，是改革开放的中国在世界舞台上初试啼声，在中国传统建筑风格和院落式布局等中国元素的表达上还略显稚嫩。那么，北京世园会展出规模之大、参展方数量之多、科技含量之高都是世园会历史上前所未有的。

我与世园会似乎有着某种不解之缘，20 年前的 3 月 15 日，我有幸参观了昆明世园会的预开园活动。

20 年后的 6 月 3 日上午，我和老伴、朋友一起来到北京世园会，与国内外的游客一起，走进这座姹紫嫣红的万花之园、奇树之林，共赏人与自然和谐相处的唯美画卷，共享生态文明发展的奇崛成果。

我们经由 6 号门过安检进入世园会展区，然后乘坐电瓶车，沿着二号线行驶，在离国际馆不远的地方下了车。按照事先的安排，大家或结组同行或分散活动，下午两点半，仍乘坐电瓶车，准时到六号门外停车场集合。

因为老伴腿脚不太利落，我便陪她单独行动。我们首先来到国际馆。

走到国际馆前，首先被 94 个高大的花伞柱和天空中巨大的“花瓣”吸引。林立的花伞柱如同一株株大树，顶端向六个方向伸展，组成一片富有吸引力的森林，点点阳光透过空隙投射下来，给森林披上了神秘的色彩。大树托起在天空展开的片片“花瓣”，在空中连缀成一幅美妙的图画。阳光从“花瓣”间洒落，形成美丽的光影变幻。

据说，象牙白色花伞的设计不单是为了美观，还有强大的功能和独特的匠心。考虑到世园会举办时正值北京炎热暴晒的夏季，为了避免游客在进入场馆时因排队过久而出现中暑的状况，建筑师在若干朵“花伞”下留出了开放的公共空间，让花伞柱像一把把遮阳伞，为人们提供舒适的驻足停留、休憩区域。

国际园艺之旅从下沉广场开始，走过世园台阶、生态绿墙和五洲坡道，就进入了国际馆的序厅，一条由动态投影和剪影雕刻共同组成的多媒体透景画壁，不断向馆内延伸。

漫步光影长廊，五大洲生态景观精彩呈现，像孟加拉国的睡莲、巴基斯坦的柠檬树、马达加斯加的猴面包树等特色植物，纷纷扑面而来，给人以身临其境之感。

国际展馆内，巴基斯坦、塔吉克斯坦、捷克、索马里、亚美尼亚、缅甸等国家，分别以纸伞穹顶、茅草凉亭等辨识度很高的特色元素装点各自展台，并带来特色的植物、农产品。

捷克的展台是用木板制成的群山模型，不过最吸引人的还是一个一人高的鼹鼠玩具，不少游客在鼹鼠玩具前合影留念。塔吉克斯坦展台展出的红底刺绣布，已有3000多年的历史，这种精美的刺绣是当地妇女智慧的结晶，被联合国教科文组织列入世界文化遗产。

在即将结束国际馆参观时，我突然发现馆内的特许专营店里有卖北京世园会护照的，连忙花了30元钱买了一本，然后把老伴送出馆外，让她坐在阴凉处休息，吃点提前买好的食物，我则重新返回国际馆入口，穿行在每一个国家馆内去加盖纪念章。碰巧一个年轻小伙子也拿着两本护照准备盖章，我便跟着他，一路同行。那阵子，已经到了吃饭点，负责盖章的志愿者都去用餐了，纪念章摆在那里，但是需要自己加盖。那小伙子很精明，知道哪个章应该盖在哪一页。各国的章大都是以本国的国花为图案的，有红色的，有蓝色的，盖在护照上煞是好看。我通共盖了13个国家的章，担心老伴着急，便匆匆走出国际馆，与老伴会合。直到这时候，我才感觉身体有些疲惫了。回想2010年上海世界园艺博览会（简称世博会）上，我和一位年轻的同事，一路小跑着，只用了半天时间，便在世博会护照上，加盖了101个国家的印章，真是岁月不饶人哪！

吃了点东西，稍事休息，我们去了设在国际馆前方的德国展厅。

德国展厅以“播种未来”为主题，向人们展示了如何采用园艺和景观设计的创新方法以保持怡人的居住环境。来这里参观的人络绎不绝，入口处排起了长队，随着人流，走到了展厅门口，工作人员依次送上一个小小的布袋，里面是一粒泥球包裹的花草种子。进入馆内，将小口袋对准墙上的标志处，便会显示这粒种子开花后的图案以及名称，如果带上旁边的耳机，还能听到有关这种花如何种植与管理的介绍。经过比照，我发现我领到的是太阳花种子，老伴领到的是德国的国花矢车菊种子。

从德国馆出来，我们动身去中国馆。

来到国际馆后身，远远地看到呈半圆形环抱之势的中国馆静静地安坐在五彩梯田里。

中国馆的屋顶两端微微翘起，犹如鸟儿展翅一样轻盈，半环形的木质轮廓，像一柄温润的玉如意舒展于青山绿水间。原生态的人字支撑屋顶造型、“四水归堂”的唯美水院、先进的雨水收集系统和上千块太阳能光伏板……简洁大气的外表下，几千年的农耕文明和先进的园艺科技汇聚、浓缩于此。

中国馆大部分展馆位于梯田之下，利用梯田大型覆土建筑结构的保湿隔热性能，降低建筑物的能耗。屋顶设置雨水收集系统，场地采用透水铺装的方法，地下设雨水调蓄池，经回收处理后的雨水将用于梯田灌溉，形成生态微循环。场馆利用地道风实现新鲜空气的夏季预冷、冬季预热，有效降低空调系统能耗。

北京世园会开园以来，中国馆以其独特的中国气质和建筑风格，每天迎来数万名游客，成为最受欢迎的打卡地。

中国馆的建筑传承了先民与自然和谐相处的价值观，展现了中华民族的生态文明理念和智慧，被誉为有生命、会呼吸的恢宏建筑。

作为展示中国园艺的主要展馆，中国馆繁花似锦、绿意盎然，31个省（自治区、直辖市）的特有植物、园艺文化和先进科技集中呈现，展现出中华园艺发展的勃勃生机。

锦绣山河一馆收，漫步中国馆，处处是花团锦簇的美丽图景。云南展区用多种颜色的花卉，扎起一只栩栩如生的孔雀；黑龙江展区不仅展示了一朵巨大的灵芝，还通过各种稻穗营造出中华大粮仓的意境……安徽的银缕梅盆景、广西的金花茶、北京的彩色马蹄莲……都各具特色，精彩纷呈，引来游客驻足欣赏。

在中国馆里，天、地、种子所构成的空间意境，充分体现中国先民仰观天象、俯察地理、中参人和的生态哲学观念，也象征着中国园艺文化的种子于此播种萌芽，生生不息。

这次北京世园会，共设有中国馆、国际馆、植物馆、生活体验馆等，官方推荐了多条游览线路。如果每个展厅都细细游览一遍，或许要一个星期才可以游览完毕，而我们只有短短四个多小时，只有走马观花、浮光掠影地去捕捉闪光点了。

当我们怀着依依不舍的心情告别北京世园会的时候，我耳边仿佛响起 2019 北京世园会“十大金曲”《幸福永远》的歌词：“风从长城来，春到妫水边，百花争艳百鸟唱，唱出艳阳天。”是啊，人类同住地球村，同呼吸、共命运，建设美丽家园是人类的共同梦想。中国积极参与全球环境事务治理，日益成为建设美丽地球家园和构建人类命运共同体的积极维护者、建设者、贡献者。一个美丽而美好的中国，必将精彩绽放在世界文明的百花园。

（此文刊载于 2019 年《公民与法治》第十六期）

## 感受故宫

北京故宫是中国明清两代的皇家宫殿，也被称为紫禁城，位于北京中轴线的中心，是中国古代宫廷建筑之精华，是世界上现存规模最大、保存最为完整的古建筑之一。

我早年曾几次参观过北京故宫，或许那时年少懵懂，总之，脑海里没有留下什么深刻印象，在浅浅淡淡的意识里，只是觉得那里是皇帝和嫔妃居住的地方，那是至高无上皇权的象征；那里地方很大，宫殿很多，有很多的红墙黄瓦，还有很多的龙和叫不出名字的吉祥瑞兽……

人往往是这样，当你怀着一种休闲娱乐的心态，去浏览名胜古迹时，留存在心底的只会是一些浅浅的印痕；而当你抱着新奇好学的目的，或是亲近自然、拥抱自然的强烈愿望，即便去的地方不是名山大川、人文圣地，而是乡野小镇、大漠荒原，也会在脑海里刻下深深的烙印。

2019 年 6 月 4 号，当我与老伴第 N 次走进故宫时，我是有目的、有渴求地刻意去亲近她、了解她、感受她。通过眼观、耳闻、心记、口问、拍摄，使尽了浑身解数，感觉与故宫进行了一次近距离的心灵交汇。

记得以前参观故宫，都未从正门进入过，而这一次却是从正门进入的。经过金水桥、天安门，从故宫的中轴线一直往里走。

走过雄伟壮丽的午门，便进入了一个宽阔的矩形广场，这里是故宫内最大的广场，大约有两个足球场那么大。

午门是故宫的正门，是皇帝下诏书、下令出征的地方。午门的平面呈“凹”字形，正中开有三门，两侧各有一座掖门，俗称“明三暗五”。墩台的两侧设有上下城台的马道。五个门洞各有用途：中门为皇帝专用，此外只有皇帝大婚时，皇后乘坐的喜轿可以从中门进宫，通过殿试选拔的状元、榜眼、探花，在宣布殿试结果后也可从中门出宫。东侧门供文武百官出入。西侧门供宗室王公出入。两掖门只在举行大型活动时才开启。

我们在电视剧、戏剧里都听说过“推出午门斩首”这样的台词，我在午门外也试图寻找那个斩首的刑场，实际上根本无法找到。“推出午门斩首”这句台词，实际上是把人犯从午门推出去，再架到刑场斩首。清代斩首人犯大多是在菜市口，那里人多热闹，好示众，以达到杀一儆百的效果。

走过午门后的汉白玉拱桥，眼前矗立的是高大而壮丽的太和门。太和门是紫禁城内最大的宫门，也是外朝宫殿的正门。

太和门，明朝称奉天门、皇极门。古代人相信“天人感应”，故在此露天广场举行御门听政。到清朝时改称太和门，并将御门听政改到了乾清门的正中，以避免风雨吹湿衣裳而有失形象。

太和门前有一对威武的铜狮，作用是镇守皇宫、辟邪驱恶。东侧雄狮右前爪下按绣球，寓意统一寰宇；西侧雌狮左前爪逗弄幼崽，寓意子嗣昌盛。

在太和门转了一番，我们登上了太和殿。太和殿是明、清两代举行重大庆典活动的场所。“太和”出自《周易》，意思就是天地万物和谐运行。每年的元旦、冬至和皇帝生日，都会在这里举办隆重的庆典活动。

太和殿俗称金銮殿，为什么这么叫呢？因殿内为金砖墁地。金砖墁地平整如镜，光滑细腻，像是洒了一层水，发着幽暗的光。那么金砖真的含金吗？其实这是一种用特殊工艺烧制的砖，工艺独特、复杂，专为皇宫而制，敲起来有金石之声，所以称作“金砖”。烧这种砖，一块就相当于一石大米的价钱，可见金砖虽不含金，但也确实贵重。

民间通常误认为金銮殿（太和殿）是皇帝上朝的地方。其实，太和殿只是举行国家重大典礼的地方，太和门才是明代皇帝听政的地方。届时，太和门门厅内设宝座，皇帝亲临听取大臣奏事，并做出有关决策。这种表示封建帝王勤于政务的重要方式叫“御门听政”，清康熙起，御门听政改在内廷正门乾清门举行。

绕过太和殿的东山墙，放眼望去，中和殿和保和殿就在不远处。中和殿是皇帝在太和殿参加盛大典礼或朝会前，接受司礼官员们朝贺的场所。“中和”出自《礼记》，意思是凡事做到不偏不倚、恰如其分。

中和殿是一座方檐圆顶、四面开门的殿堂。殿顶正中有一鎏金圆顶，远远望去好像一颗巨大的宝珠，熠熠生辉。中和殿正中设有皇帝宝座，上方悬挂乾隆皇帝御笔“允执厥中”匾，寓意是施行中正之道，才能治理好国家。两边楹柱上的对联是：时乘六龙以御天，所其无逸；用敷五福而锡极，彰厥有常。

保和殿是紫禁城三大殿中的最后一殿。与太和殿相比，虽少宏伟壮观之感，却有一番灵秀之美。保和殿是举行国宴、殿试的场所，特别是后者。我国科举考试始于隋朝，成于唐朝，发展于宋朝，盛于明朝，衰败于清朝。自乾隆五十四年（1789）之后，保和殿成为科举考试最高级别殿试的考场。殿试的题目由皇帝亲自定题，亲自主考。保和殿内宽敞明亮。殿堂中悬挂着乾隆皇帝御书“皇建有极”匾，意思是君王建立政事要有中道，不偏不倚，取中庸之意。两旁柱子上的楹联是：祖训昭垂，我后嗣子孙尚克钦承有永；天心降鉴，惟万方臣庶当思容保无疆。

接着，我们缓步来到乾清门和乾清宫。乾清门是紫禁城内廷的正门，皇帝日常早朝在这里举行。皇帝是否勤政，直接关系到国家的兴衰。康、雍、乾三朝，坚持不懈，励精图治，出现了“康乾盛世”。

乾清宫，在明朝和清朝初，都是皇帝的寝宫。“乾”是“天”的意思，“清”是“透彻”的意思。既象征国家安定，天空透彻而明朗，又象征皇帝执政犹如清澈的天空之坦荡而一统天下。

登上乾清宫的台阶，一眼看到“正大光明”的匾额。题写这块匾的是顺治皇帝福临。意思是：皇权巩固必法天地，处事光明磊落。康熙皇帝对其父极为崇敬，赞道：“结构苍秀，超越古今。”

走过乾清宫，迎面看到一座正方形渗金圆顶的宫殿，那就是交泰殿。这座宫殿位于乾清宫和坤宁宫之间，寓意是：乾清、坤宁天地相通、阴阳交泰，则成协和景象。这也象征着皇帝、皇后之间的关系和睦与协调。

交泰殿中设有宝座，上面悬挂着康熙皇帝御笔亲书的“无为”匾额。出自《论语》：“无为而治者，其舜也与。”古代的思想家提出“无为而治”的思想，清朝康熙皇帝提“无为”，其目的是用封建礼教思想去感化人们，心甘情愿地接受统治，而不必用刑法、武力去征服。交泰殿与坤宁宫较近。“坤宁”出自《周易·序卦》，“坤，地也。故称乎母。”《老子·道德经》有“昔之得一者，天得一以清，地得一以宁”之语，其中的“一”，就是指道。

坤宁宫在明朝时，成为皇后的寝宫。清朝时为显示皇后位主“中宫”之地位，专门把东暖阁设为洞房。皇帝结婚时，皇后要在此居住 3 天。

东暖阁有乾隆御书楹联一副：天惟纯佑命，俾尔戬穀，百禄是荷；民其敕懋和，绥以多福，万寿无疆。

不知不觉中，已近正午时分。按照我们团队事先的约定，要在神武门洞口处集合。于是，我和老伴便直奔神武门而去。

神武门在明朝时称为“玄武门”，玄武为古代的四大神兽之一，从方位上讲，左青龙，右白虎，前朱雀，后玄武。玄武主北方，所以帝王宫殿的北宫门多取名“玄武”。清康熙年间因避讳改称“神武门”。神武门也是一座城门楼形式，用的是最高等级的重檐庑殿式屋顶，但它的大殿只有五开间加围廊，没有左右向前伸展的两翼，所以在形制上要比午门低一个等级。

这次有目的地游览故宫，对于我来说是一次难忘的经历，使我感受到了她的金碧辉煌、威严雄壮、风华绝代；也感受到了她的心事浩茫、忧郁不安、忍辱负重……

我在对故宫的仰望中，顿生触及灵魂的簌簌震撼，让我真切地感受到，故宫是600年前劳动人民智慧和血汗的结晶。据有关资料介绍，故宫初建时，被奴役的劳动者有工匠十万，夫役百万。在当时社会生产条件下，能建造这样宏伟高大的建筑群，充分反映了中国古代劳动人民的创造才能。同时，为了筹集修建故宫所需的木材，在明代时，木材大多采自四川、广西、广东、云南、贵州等地，无数劳动人民被迫在崇山峻岭中的原始森林里伐运木材。故宫所用石料多采自北京远郊和距京郊一二百公里的山区，运输难度可想而知。

故宫的设计与建筑，实在是一个无与伦比的杰作，它的平面布局，立体效果，以及形式上的雄伟、堂皇、庄严、和谐，建筑气势雄伟、豪华壮丽，是中国古代建筑艺术的精华。它承载着中国悠久的文化传统，显示着600年前匠师们在建筑上的卓越成就。

作为世界历史文化遗产，故宫的价值早已不限于朱红高墙内的宫阙亭台，有形的故宫成为中华传统文化传承、中外文化交流的场所和见证者；无形的故宫延续着中华历史文脉，承载着国家记忆，彰显着中华文化实力。

“要让文物说话，让历史说话，让文化说话”，需要千千万万的今人与后人的参与。因此，北京故宫正把目光更多地投向年轻一代，建设中的“数字故宫”，不仅注重博物馆与社会的融合，也着力实现多学科的跨界融合、传统技艺和现代科技的跨界融合，塑造博物馆的新形态。一旦碰撞出火花，故宫就“活”了起来、“火”了起来，产生 1+1 远大于 2 的效果。

我们热切地期待着！

# 美丽乡村大激店

认识大激店，源于 2016 年造访首届“大激店世界音乐节”。多元文化的“时尚”与古村落的“传统”相结合，让这个位于保定市竞秀区的村庄散发出独特魅力，以一种崭新的姿态进入人们的视野并留下深刻印象。如今，大激店音乐节已经成为这个村落和这座城市的文化标签。时下，人们又在为音乐节奔忙，让这场文化盛宴绽放在春日的夜晚。

从村口的大水车往里走，只见垂柳拂岸，潺潺流水，灰砖黛瓦，小桥流水人家，宛如一幅水墨画卷。大激店的街巷干净、整洁，是古朴和现代的完美结合，白墙灰瓦有着徽派建筑的韵味，临街的墙上有砖雕，也有印象派艺术作品。街角拐弯处还有一些体现音乐艺术特色和当地风情的雕塑。

早在一个多世纪前，大激店村就是连接南北的重要驿站。大激店村内贾市殿堂、寺庙行宫，星罗棋布。村庄三面环水，水流相激，故有“大激店”之名，森林覆盖率在 50% 以上。

改革开放前的大激店，只是一个名不见经传的小村子，经历两次深刻的变革，才有了如今的这番美丽如画的景象。第一次是在20年前，村集体开办造纸厂，取得效益后号召村民入股，走共同富裕的道路，成为远近闻名的富裕村。2013年，有关单位将村里的排污管道与城市排污管网连接，整修河塘和沿岸护坡，修建了5处园林景观。环境的美化促成了大激店的第二次变革，被打造成文化古村落。

在美丽乡村建设的背景下，大激店村确定“民俗文化村”的发展方向，邀请资深专家对村庄进行整体规划，并聘请河北大学专家进行文创设计，以“修旧如旧、建新如旧”为指导思想恢复古村风貌。有关单位先后出资150万元，恢复东门、西门、北门以及西慈航寺。之后，大激店村与云乡居文化发展集团合作，建设总投资达10亿元的匠人谷文创小镇。该项目以大激店的历史文化为特色，依托村内原有传统民居，经过重新规划改造后建成民宿，成为传统手艺人的大型聚集区。

在大激店游览，首先映入眼帘的是开阔的世界音乐节广场和巨大的电子LED屏幕。2016年9月，这里唱响“第一届大激店世界音乐节”。在北方“音乐节+古村落”，大激店是首创。我们深深感到，音乐节聚拢来的巨大人气，让沉默在村庄的悠久文化有了走出去与世界交流碰撞的机会。

如果说大激店世界音乐节是旅游的短期爆点，那么，与云乡居文化发展集团合作打造的音乐主题特色小镇——匠人谷文创小镇，则显示着大激店的更大雄心。依托大激店原有传统民居和部分集体建设用地，以本地原生的历史文化、水韵乡情为特色，大激店村将部分传统民居重新规划改造，目标是在5年内建成一个汇聚1000多名京津冀传统手艺人的大型聚集区，吸纳近百项各级非遗项目，实现匠人入驻、民俗体验、技艺传承、创客孵化、产品展销、休闲旅游等多种功能聚合的文创综合体。

一大批留存至今的历史遗迹瞬间将人拉回历史时空。大激店村的标志性建筑——大激店古戏楼，位于村东西大街中段北侧，始建于清代光绪十六年（1890）。坐南朝北，高高的戏台用巨型石材砌成，前明后暗，前低后高，前窄后宽，呈品字型结构。古香古色的戏楼显现出典型的清代建筑风格。古戏楼与同年重修的观音堂南北相对，珠联璧合，成为大激店村一景，至今仍流传着“观音听戏”的传说。

由于有世界音乐节这一多元文化元素的灌入，整个村落沉浸在动与静的交融中，为游人的古村行赋予了神奇体验。在时尚动感的音乐节之外，同样有着古村特有的静谧，石桥卧波、野舟闲横、垂柳依依，到处弥漫着田园般的静幽。名为“九亩竹院”的艺术家文创园囊括了多个功能区：“路美术馆”定期举行书画艺术展览；生活美学馆以生活用品传达田园精神；55 套水乡韵味的公寓为渴望返璞归真的艺术家敞开大门。

经过接触，我们发现大激店不仅“地灵”而且“人杰”，这里的领导干部有思路、有担当；乡民有生活、有品位；企业家有情怀、有梦想。我们有理由相信，有历史、有故事、有魅力的大激店村，必将在倡导文化自信的今天，在乡村旅游和特色小镇的开发与探索中走出一条独特的成长路径。

（此文刊载于 2019 年 4 月 26 日《保定日报》第一版）

# 鼓浪屿印象

2018 年暮春，我和老伴参加了一个六人的“袖珍旅游团”，有幸游览了厦门的鼓浪屿。

这是我第二次与鼓浪屿亲密接触了。

第一次踏上鼓浪屿，还是在十几年前。那一次，我们看的时间虽然长一些，观察得也比较认真、细致，虽如此，但我头脑里根本就没有写作的欲望，因为那时还在工作岗位上奋力拼搏。应当说，我从 1982 年大学毕业留校任教开始，一直到 2011 年退休，年轻时的写作欲望就一直被牢牢地禁锢起来。因为有了自己新的事业，已经没有时间，也没有精力，再从事文学创作了。如果那样的话，不用别人说，自己也会觉得那样做就是“不务正业”。所以，头脑里已经完全没有了文学创作这根弦，就好像一位皈依佛门的虔诚弟子，再也没有意念去动文学创作这道荤腥，再也没有勇气去趟那道不知深浅的水了。

而这一次则完全不同，我已经退了休，成了一个“自由人”，而且还是一位小有名气的业余作者。所以，时代不同，环境不同，人的精神状态也不同。我这次从踏上鼓浪屿那一刻开始，就认真细致地观察，不放过任何一个细枝末节，就是为了写出一篇好的游记散文。

与前一次参观鼓浪屿相比较，她已然是今非昔比了。2017 年 7 月，在波兰克拉科夫召开的联合国教科文组织第 41 届世界遗产委员会会议上，我国的福建鼓浪屿和青海可可西里成功地被列入世界文化遗产名录。这一殊荣，极大地提升了鼓浪屿在国内外的知名度。

“游厦门，不登鼓浪屿，等于没有到厦门”，成了一句非常时髦和鼓动人心的广告语，前来鼓浪屿观光的游客也越来越多。

鼓浪屿是一座有“海上花园”之称的美丽小岛。鼓浪屿原名“圆沙洲”，别名“圆洲仔”，南宋时更名为“五龙屿”，直至明朝时才改称“鼓浪屿”。因涨潮水涌，撞击礁石，惊涛拍岸，声若擂鼓而得名。

这次登临鼓浪屿，我们是在时断时续的雨中走马观花的，并没有听到传说中鼓浪石被浪潮冲击时声如擂鼓的雄壮，也没有登上鼓浪屿著名的景点之一日光岩，没有参观馆藏国内唯一、世界上最大的各种古风琴的钢琴博物馆。虽然，单听这些闻名遐迩的名字，就足以让我的想象一次次地飞跃、升腾。然而更加令我神思向往的，是岛上的古树、小巷、老屋三种最能代表鼓浪屿特点和魅力的诗一样地张扬烂漫。

鼓浪屿特别的魅力之一，是古树名木众多。登上鼓浪屿，迎面便嗅到了它典雅与温馨的气息。绿色为岛上的主题，映入眼帘的满是鲜花、绿树、草坪，丝绒般的绿草青得滴翠，岛上参天的古树比比皆是，都有近百岁之龄，每一棵古树早已不再是植物，而是饱经沧桑的历史见证者。

有人说：“古树名木是凝固的诗、活着的画。”鼓浪屿上的古树名木作为活的文物，仍然枝繁叶茂，郁郁苍苍，在炎炎夏日里默默地为人们提供阴凉。在岛上，除了人们耳熟能详的世界最高的台湾枣椰、国内最大的紫檀外，在岛上的古树中，榕树最多，可谓榕树岛。据相关资料，鼓浪屿登记在册的古榕树有 140 株，占岛上古树总数的 83% 以上。

古榕树是热带、亚热带地区优良的风景树、林荫树。在闽南等地被视为重要的风水树，“树旺则家兴”，故常得到当地住户的自发保护。

古樟也是鼓浪屿上最有名的古树之一，从数量上看，樟树是鼓浪屿古树的亚军。不仅因为它长得高大粗壮，树形优美，更因为它有美好的寓意——青年伴侣与之合影，象征爱情天长地久，老年伴侣与之合影，象征健康长寿。

鼓浪屿还有两种最著名的树木，就是本土诗人舒婷那首脍炙人口的《致橡树》诗中所描述的两种树：一种是橡树，另一种是木棉树。在岛上，在道路两旁，橡树像是伟岸的将军，颇具雄伟气概。而木棉树则具有阴柔之美，红红的花朵，点燃着小岛氤氲的爱情。

鼓浪屿的另一个特别魅力是蜿蜒曲折的石板小路。鼓浪屿不仅是一座岛，它本身就是一座山，因此，岛上很多的路都是坡形的，层层循序而上，在不同的海拔处会出现同一条路名。

踏上这一方土地，脚下的碎石小路便向海滩、向岛内延伸着。寻找一条自己喜欢的碎石小路，漫步鼓浪屿，是一件令人感到幸福的事。沿着或直或陡或蜿蜒的小路，游逛、漫步，迷失在狭长的小巷里，又再折回，换条小路再往外走，宁静、神秘，心也宁静。鼓浪屿岛上没有汽车，也没有自行车，只有运货的电瓶车，所以漫步于此绝对安全。

在鼓浪屿，不论你从哪一条路出发，最后都将到达同一个地方——龙头路。这里的小路四通八达，龙头路是小岛的商业中心，在这里有着许多美味的小吃。

在鼓浪屿上有两条非常有特色的路：一条是所有上岛游客都会走的晃岩路，都说鼓浪屿是个音乐岛，耳边随时都会有钢琴声飘来，而当你走上晃岩路，即便耳边没有一丝声响，都能感受到它的音乐气息，低下头，五线谱就在你的眼前；另一条，就比较僻静了，沿着鼓声路向北直走，会看到卢戆章像，旁边有条幽静的小路，走进去，仔细地看地上的小砖上的刻字，那些熟悉却又有点陌生的字母和符号，会唤起对童年时光的某些记忆。

鼓浪屿特别的魅力，还在于小岛上完好地保留着许多具有中外各种建筑风格的古建筑物，因而它又有“万国建筑博览会”之美誉。

在不足两平方公里的鼓浪屿，一幢幢中西合璧的别墅，一座座历尽沧桑的家族房舍，依山而建，或秀美，或凝重，或雕刻精致，或简单朴实。每一座建筑都有不同的感觉，每一种建筑都有一种独特的气息，每一座建筑里也许都藏着一段迷人的故事。

历史上，英、美、法、日、德、西班牙、葡萄牙、荷兰等国都曾在鼓浪屿上设立领事馆。如今，那段历史早已逝去，遗落在鼓浪屿的外国领事馆成为供人观赏的老建筑。

鼓浪屿的建筑最为奇特，具有浓烈的欧陆风格，如古希腊的三大柱式陶立克、爱奥尼克、科林斯，罗马式的圆柱，哥特式的尖顶，伊斯兰圆顶，巴洛克式的浮雕，出现在门楼、壁炉、阳台、护栏、拱窗，掩映在热带林木里，鳞次栉比，争相斗妍，异彩纷呈，洋溢着古典主义和浪漫主义的韵味。

在离开鼓浪屿之前，远远地望见屹立在鼓浪屿东南端覆鼎岩的郑成功雕像。这座石雕像是 1981 年福建省人民政府和厦门市人民政府建立的，以密切闽台之间地理相接、血缘相近、习俗相同、感情相融的传统关系。郑成功石雕像高 15.7 米，宽 9.2 米，重 1400 多吨，由 625 块白花岗石雕凿嵌接而成。

郑成功雕像面朝波澜壮阔的大海，身披盔甲，手按宝剑，形象挺拔刚劲，气势雄伟，给我留下了深刻的印象。

这次鼓浪屿之行，来去匆匆，总感觉留有不少的遗憾。坐在回程的轮渡上，回望鼓浪屿，它的葱绿、悠闲、静谧的美不仅映入眼帘，也震撼了我的心灵。

## 难忘那年登泰山

说来遗憾，年近古稀，我只在 1986 年登过一次有着“五岳独尊”之称的东岳泰山，而南岳衡山、北岳恒山、西岳华山、中岳嵩山等，却都不止一次登临过。原因何在，说不上来。或许在地理位置上我们距离泰山最近，而越近的地方反而去得越少？或许那一次登山的经历太过深刻，足可以铭记一辈子？

自幼生长在平原，从未见过山，山便对我有着巨大的诱惑力。早在童年时代，我就懵懵懂懂地知道，在村子里，但凡正对着巷口或道路的房屋，必须在房角竖立一块石刻或砖刻的“泰山石敢当”，以此避邪免灾。由此，听说了一些关于泰山和泰山石敢当的神话传说。

少年时代，我从中学语文课本里熟读了李健吾的《雨中登泰山》，其后又为诗仙李白的“天门一长啸，万里清风来”“长风破浪会有时，直挂云帆济沧海”，诗圣杜甫的“会当凌绝顶，一览众山小”这些气势非凡、意境深邃的千古名句所吸引，使我对五岳之魁泰山颇为向往，后来竟对那些写泰山游记的文章十分关注，相继阅读了徐志摩的《泰山日出》、杨朔的《泰山极顶》、老舍的《泰山石刻序》、冯骥才的《挑山工》、李广田的《扇子崖》，等等。

自古以来，比肩接踵而来的文人，以他们的才情和作品为泰山积蓄了深厚的底蕴。阅读和欣赏名家关于泰山的诗文，觉得泰山仿佛近在眼前，它的美景似乎触手可及，呼之即来，愈发增添了对泰山的神思与向往。

1986 年，我在河北财经学院任教，并担任贸经系副主任。赶上“五一”放假，我动员系里几位年轻力壮的青年教师一起去泰安，准备在夜里登泰山，也好第二天清晨在泰山顶上观日出。有两位年轻的教师愿意和我一起登山，一位是系团总支书记吕伟革，一位是物价教研室的李永强，他们是同班同学，都是本系 1985 届毕业留校的学生。

第二天，我们三人带上洗漱用品，登上了东去的列车。那时候，石家庄还没有直达济南的火车，需要在德州站换乘。到了济南，还要坐长途汽车，才能到达泰安。

经过将近一天的折腾，我们在傍晚时分，抵达了泰安。因为那时教师工资待遇低，恰如一句歇后语所说：“罗锅子上山——钱（前）短。”我们在一条巷子里，找了一个家庭小旅馆，住进了一个可以容纳二十个人的大房间。这个房间分为南北两部分，各住十个人，头对着头，中间留一条通道。这房间简陋得实在不能再简陋了，没有床铺，在潮乎乎的地上铺一层麦秸，上边铺几张草席。每个铺位有一条薄薄的褥子，加一床油渍麻花的被子，就是全部卧具了。至于电视机、洗浴间、开水房，那都是“马尾穿豆腐——提不起来”。不过有一样比较称心，那就是房价忒便宜，睡一宿才一元五角钱。

那一天晚上，我翻来覆去睡不着觉，睡这样简陋的铺位，让我想起了“文革”徒步串联时，住在红卫兵接待站的情景。那时除了被褥是自己的以外，其他跟这个旅社简直一模一样。因为在长达一个月时间里，都是在同样的环境中度过，加上无法洗澡，最后我们身上都长了虱子……

第二天，天色微明，我们就匆匆起来，洗漱过后，在煎饼摊上每人买了六张煎饼，吃了三张，带上三张，路上饿了好做填补。

要说泰安市的煎饼，个头真够大的，比我们老家的锅盖还要大，而且都是纯正的小米面制作。抹上豆酱，裹上大葱，卷成一个喇叭筒，吃起来特劲道、香喷喷、甜丝丝。那个味道，让我思念到如今。

清晨登山，一路阳光通透，凉风习习。刚到山脚，泰山的轮廓已霸气地逼入眉眼，远远看去，群山叠翠，在细密的阳光里更显得分外安宁。

我们把红门作为此次登山的起点。沐浴着明媚的春光，聆听着来自深山密林里的淙淙流水声、啾啾鸟鸣声，欣赏着山岩边郁郁葱葱的景色，不知不觉便来到了群仙楼。其实，这群仙楼才是登山的起始点，过了群仙楼才算是真正开始了登泰山之旅。

登山伊始，我并不觉得累，反而感觉异常的欢快愉悦。在登山路上，我们走得很放松，步伐均匀，呼吸平稳，几乎没有歇脚，因为有句俗话在心里不停地提示：“紧走不如慢不歇。”

快走到中天门时，我们才坐下来歇息片刻，喝几口水。当看到有几个女孩累得不行了，直接爬着向上行时。爱开玩笑的吕伟革压低声音道：“累了可以歇会儿嘛，姑娘家家的怎么能够爬着走呢？”李永强瞪了他一眼，说：“你那么心疼人家，快去劝劝她们呀！”吕伟革眨了眨眼，耸了耸肩，咧着嘴笑道：“不认识，也不敢啊！”从他们俩人的谈笑中，我突然顿悟，原来人们把登山称作“爬山”是有道理的。

来到中天门，感觉眼前豁然开朗，在泰山脚下看泰山时，由于主峰被远处的峻岭遮挡了一半，加上距离对视觉的影响，有一种“不识泰山真面目”的感觉。只有登上中天门，云步桥断层形成的泰山胸腹完全展现在面前时，泰山才露出它峥嵘伟岸的真胸怀。

从中天门可以仰望南天门，感觉既亲近又遥远，看似清晰可见，却又高悬天际。它那红墙金瓦的城阙，在蓝天白云映衬下，俨然成为天堂的象征，它召唤着朝天的人们继续攀登。真可谓“步步不离地，步步是登天。一寸不着力，一寸天相悬。亲到绝顶者，步步乃慎焉”（清·元玉《登岳》）。

不同时代的登山者，把他们的感受化为警句刻在了盘道两侧的岩石上，这种进取精神激励着一代一代华夏儿女。从中天门到南天门，必须攀越十八盘。泰山之雄伟，尽在十八盘，泰山之壮美，尽在登攀中。信步十八盘，用当地人的话说：“紧十八，慢十八，不紧不慢又十八。”

说起来，十八盘全程距离并不算长，但是它最陡的地方有六十度，有一千六百级台阶，仿佛挂在半空中的一部云梯。那陡峭的山路，那刚刚容得下一只脚的狭窄的台阶，都令人心惊胆寒，不敢贸然向前。

正当我们准备向十八盘发起冲锋的紧要关头，老天仿佛有意要考验我的意志力似的，从未害过牙痛病的我，这时右上方一颗牙齿突然剧烈的疼痛起来，也弄不清是昨晚没有睡好的缘故，还是上火引起的牙痛。

过去常听人说：“牙痛不算病，痛起来要了命。”对这句话的前半句我不赞同，因为牙痛本身就是病，而对后半句“痛起来要了命”，我则深信不疑。听人说，新中国成立前农村缺医少药，人们日子过得艰难，有病也请不起医生。我们村有一位六十多岁的老汉，半夜里牙痛起来，难以忍受。于是他披衣起床，沿着当街哼哼着走来走去，那声音在夜空里显得格外瘆人，临街的人家几乎都被这声音惊醒了。人们虽然对老人的行为不太满意，但又十分同情他，可怜他。天快亮的时候，那哼哼声止住了，人们不禁为老汉高兴。可是，当起早的人到村子里老井挑水时，惊讶地发现，那老汉已投井自尽了……

如今，这要命的事降临到了我头上，可怎么办才好呢？下山吧，已经爬到了半山腰；继续爬吧，能够坚持得住吗？“既然来了，就绝不能半途而废！”我暗暗下定决心，随手掏出随身携带的牙膏，挤出一截，用手涂抹在那颗疼痛的牙齿的牙龈上。说来也怪，牙膏抹上去，凉飕飕的，牙痛感觉好了一些。过了一阵子，牙齿又疼了起来，再挤一点牙膏抹上去。就这样痛痛抹抹，到山顶时，一管牙膏都快挤瘪了。

就这样，我强忍着牙痛，和同伴努力向上攀登。脚累了，就四肢并用；腿疼了，就用挑山工的走法——斜着向上走……环顾周围，发现攀登十八盘的人可真不少，有拄着拐杖的成年人，有活蹦乱跳的小孩，有三五成群的一家人。其中，最为引人注目的是一位头发花白，脑后挽着一个纂儿，纂儿上斜插一根银簪子，迈着一双“三寸金莲”的小脚老太太。她在儿孙一左一右的护卫下，步履轻盈地向上登攀。我们向老太太的儿子打听，得知他们是泰安市郊区的，老人今年已经75岁了，每年这个时候，老人都要登一次泰山玉皇顶，烧香礼佛，这一习惯已经坚持了二十多年。我们不禁为老人的虔诚所折服，同时，从她坚定的脚步里汲取了力量。于是，我们振作精神，把脚下的几十级台阶作为我们的阶段目标，去征服它。然后，我们再抬头看向下一个目标。就这样不知不觉中，我们终于征服了十八盘，登上了南天门。

南天门古称“天门关”，它建在飞龙岩与翔凤岭之间的低坳之处，就像神话里的天门一般。门为阁楼式建筑，石头砌成的拱形门洞，上面题有“南天门”三个大字，红墙点缀，黄色琉璃瓦盖顶，气势雄伟。

南天门到了，就意味着距离玉皇顶不远了。我们休息片刻，吃了一张自带的煎饼，喝了点水，补充一下体力，决定再走一程登顶。走过天街，终于到达了泰山顶峰玉皇顶。

到了玉皇顶，天空飘起了米粒般的小雪，一霎时，云雾迷蒙，千山万壑隐藏于云海之中。蓦然回首，不见来时之路。天街小雪润如酥，冷风阵阵刺骨寒，这时，我牙痛得更厉害了，再抹牙膏也不起作用了，右腮帮子不知何时已鼓胀起来。为了不打扰同伴的兴致，我一路上都没有把牙疼的事情告诉他们。在他们尽情饱览雪中泰山的别样美丽时，我强忍着疼痛，悄悄到租棉大衣处，花五块钱租了一件军绿大衣穿上，感觉浑身上下有了股热乎劲，牙疼似乎也好了一些。

在山顶浏览一番之后，我们决定下山。俗话说“上山容易下山难”，可我觉得，下山的速度显然比上山快了很多，但崎岖不平的山路也更容易使人大腿肌肉受伤。放眼看去，下山路上一瘸一拐的人比比皆是。临来泰山之前，有位常年坚持登山的朋友告诉我：“下山的时候一定要压低重心，多用脚和腿的力量，尽量减少颠簸起伏，避免伤害到大腿肌肉和膝盖。”此时，按他的嘱咐去做，果然十分有效。

下到山底的时候，我才告诉两位同伴，从攀登十八盘开始，我就一直牙痛不止。听了我的话，看着我肿起来的腮帮子，他们一个劲儿地埋怨我，说：“你怎么不早点说呢？要知道咱就坐缆车上去，或者早一点下来了。”我笑笑说：“咱难得登一次泰山，怎么能半路打退堂鼓呢？人说‘不到长城非好汉’，咱在人前人后也可以拍着胸脯说‘泰山再高再险，我们徒步登上去了’。”

在两位同伴的陪同下，我们打听着找到了泰安市医院，他俩一个去挂号，一个搀着我来到牙科门诊部。这时，时间已经过了中午 12 点，医生都已脱掉工作服，换上便装，准备下班走了。看到我们进来，一位年轻医生说：“对不起，要看病请你下午再来吧！”吕伟革脑瓜机灵，能说会道，对一位年纪稍大的医生作揖说：“大夫好，我们是从外地来泰安的，我们这位领导同志突然牙疼不止，我们已经买了下午的返程汽车票，万一路上领导出点麻烦，我们回去不好交代。你就多费费心，给瞧一瞧吧。”

医者仁者之心，那位医生听了这一番话，心好像被触动了，连忙让把我扶到就诊椅上半躺下，他重新脱去便装换上工作服，为我做了检查。原来，我的这颗牙齿早已经松动，而且缺损了一块，露出了神经线，难怪那么痛呢？医生说：“我暂时为你烧了神经线，帮助你止住疼痛，你回到家以后，再到医院把这颗坏牙齿拔掉。”我连忙说：“你就看着处理吧！”

医生为我处理完那颗病牙，牙痛顿时止住了，我不禁连声向他道谢。他微笑着说：“不客气，这是我应该做的。”随后，他一边洗手，一边问我们：“这次来泰安，有没有去登泰山呀？”“我们这次就是为登泰山而来的，这不，刚从山顶下来。”吕伟革接茬说。“这位牙痛患者也上去了吗？”我说：“上去了，还登上了玉皇顶呢！”“那你是从什么时候开始牙痛的呢？”医生问道。我回答说：“是在攀登十八盘时开始的。”“那你真是不简单哪！路又险，牙病又痛，能够坚持下来，让我这个泰安人都打心眼里佩服！”医生一脸严肃地说。

当我邀请医生与我们一起吃午饭时，他婉言谢绝了。告别了那位医德高尚、医术精湛的医生，我们在路边店吃了顿饭，便匆匆踏上了归途……

自从那年攀登过泰山后，我脑海里时常浮现咬牙登山的情景。我想：我们的人生之路，又何尝不似一次登山过程呢？“山高人为峰”，山顶就是我们毕生追求的最终目标，期盼的最大成功。我们的初心，我们一生付出，都是在为实现这个目标而努力。

人来到这个世上，在青少年时期，尚处在山的最底端，山路总是最平缓的。随着年龄的增长，山势越来越陡峭，山路越来越崎岖不平，能量也逐渐被困难消磨。在困境中，有些人会放弃最终目标，半途而废。

其实，这就好比攀登十八盘，看似艰难，但只要勇敢地坚持下去，就会发现，终点其实并不遥远。因此，攀登人生这条路，需要有足够的热情与付出，更需要有坚定的信念与意志。唯其如此，才能够翻过一道道山梁，越过一道道沟壑，顺利到达高山之巅，实现人生的最终目标！

# 再会岳阳楼

大凡说起岳阳楼，人们自然会想到范仲淹的《岳阳楼记》，也会从文中领略到洞庭湖的浩瀚景致与岳阳楼的文化底蕴。余秋雨先生说过，大多数人都是先从这篇文章知道有这么一座楼的。我也是。文以楼名，楼以文传；楼因湖成，湖因楼著。

记得 1964 年，我读初中二年级时，在语文课上，老师讲《岳阳楼记》，抑扬顿挫，神采飞扬，有滋有味。一篇 368 字的《岳阳楼记》，就如珠落玉盘，风舒岫云，标新立异，墨透纸背！在那勤学细读的岁月里，我反复朗读乃至成诵。

在年少的岁月里，岳阳楼、洞庭湖于我是遥远的，也是风雅的。一直以为，岳阳楼与我的缘分，就藏在这些名章词句中。我如果想要靠近，就只能去访问那些先古之士。

岳阳楼，从诗词歌赋中向我走来。而我，却从千里之外的河北一座小县城的重点中学，向岳阳楼走去，简直就是因缘巧合，不期而遇。

1967年1月，“文革”初期。由我带队的一支赴韶山的红卫兵串联小分队，经过二十多天的长途跋涉，从老家徒步1000多公里，来到了魂牵梦萦的岳阳楼。

岳阳楼所处的位置极好。它屹立于岳阳古城之上，背靠岳阳城，俯瞰烟波浩渺的洞庭湖，遥对状似青螺青翠欲滴的君山岛，南接三湘四水，北枕万里长江，吸引着名人雅士，芸芸众生，前来观赏。

岳阳楼虽然没有我想象中的那样宏伟，但它却是江南三大名楼（岳阳楼、黄鹤楼、滕王阁）中唯一保持历史原貌的古迹。岳阳楼为三层主楼，高19.42米，清一色的楠木圆柱，整座楼都是木制榫卯结构，无铁钉、无横梁、无栏杆，三层飞檐四起，好像12只凤凰展翅欲飞，楼顶为古代将军头盔式的顶式结构，这种建筑在我国古代是较为少见的。

在“文革”那个年代，岳阳楼像一个久经风霜的老者，孤零零地坐在洞庭湖旁。前来观瞻的人，寥寥无几。我们漫步登上三楼，凭窗俯瞰。那个季节，洞庭湖水不是太满，天色阴沉沉的，寒风阵阵呼啸，裹挟着细细的沙粒，迎面袭来。从长江口驶入洞庭湖的货船，似孤帆远影，时隐时现。整个洞庭湖笼罩在蒙蒙的水雾中，恰如《岳阳楼记》所描绘的那样：“阴风怒号，浊浪排空；日星隐耀，山岳潜形。”预想中湖面风平浪静，千里烟波，浩渺无尽，“南极潇湘千里月，北通巫峡万重山”的壮美景观，仿佛与我们无缘。本想“欲为平生一散愁”，谁知“万家忧乐到心头”。

时隔46年后，我有幸再次登临岳阳楼。重读《岳阳楼记》，似乎比以往有了更深刻地思考和理解。前一次对岳阳楼印象最深的莫过于诗仙李太白留下的真迹——一副“水天一色，风月无边”木刻对联。这一古色古香的木刻着实影响了我很长时间，以致我在回乡务农、当民办教师时，经常回想起这仅有八个字的对联。偶有回忆，就将这能产生辽阔悠远意境的古诗联，权当无边的浮想，颇有飘飘欲仙的感觉。

也许是对风景名胜的人文气息逐渐有所觉悟，抑或是心胸稍微开阔了些，这次仔细端详、反复默读雕屏上的《岳阳楼记》，对这并不精通的书法套路做了即时欣赏。而对名句“先天下之忧而忧，后天下之乐而乐”的思考，似乎比过去有了更为深刻的理解……

三国前期，吴国大将鲁肃在巴陵山上修筑阅兵台，用以训练和指挥水师。阅兵台临岸而立，登上阅兵台可观望洞庭全景，湖中一帆一卒可尽收眼底，这座阅兵台就是岳阳楼的前身。

时光流逝五百年左右，至公元716年，岳阳楼等来真正懂它的人——被贬中书令张说。武则天主政期间，张说是公认的文坛领袖。从现今留存下来的《四月一日过江赴荆州》一诗中的“比肩羊叔子，千载岂无才”，就可管窥张说并非浪得虚名。张说被贬，祸起仗义执言，不做伪证，当朝顶撞武氏内宠。好在历史总在阴差阳错间，会留下些许幸事。“伪证案”没给张说引来杀身的横灾、“罪及九族”之祸，却给岳阳楼带来重生。

谪守岳阳的张说，开始了扩改鲁肃阅军楼。先名旧楼为“南楼”，后定名“岳阳楼”。实在无法想象，一个被贬的朝廷命官，一个官场失意的男人，面对被风吹雨打五个世纪的一座残楼，面对被惊涛骇浪濯洗拍打了五百年的一座老楼，修葺整改岳阳楼使其如凤凰涅槃重生之时，内心有怎样的涌动。

北宋庆历四年，滕子京被贬至岳州主政。到任第二年，便着手发动各界人士重建坍塌的岳阳楼。滕子京不愧是一位具有远见卓识的名臣，极力主张“楼观非有文字称记者不为久，文字非出于雄才巨卿者不成著”。岳阳楼重修竣工后，他立即请画师精心画了一幅《洞庭晚秋图》，连同一封亲笔信，快马送给好友范仲淹请其为修楼一事作记。当时范仲淹亦被贬在河南邓州为官，接过信与画，激动不已。一番静思过后，他情倾笔端，奋笔疾书，一气呵成，成就千古雄文《岳阳楼记》。

为什么范仲淹没有到过岳阳楼，却能够写出如此鸿篇巨制呢？美学大师黑格尔说过，一般来说有这种才能的人，一遇到心中有什么观念，有什么在感发他，鼓动他，他就会马上把它化为一个形象，一幅素描，一曲乐调或一首诗。范仲淹就是这样的天才之人，他把自己心中的观念化为了一篇文章，一篇我们中国人熟悉的极富民族色彩的传统文字。他用《岳阳楼记》这篇政治美文，成功地诠释了每一个社会人都会遇到的一个永恒的主题，即我们应该怎样做人、做官、作文，创造了一篇千古绝唱。有人说，中国历史上能干事又能传道的人只有两个，一个是范仲淹，还有一个是曾国藩。而曾国藩虽著述颇丰，传道亦多，却没有像范仲淹这样得文学之美、文章之魂。

一篇《岳阳楼记》，震大千而醒人智，承千古而启后人。文章融山水、政治、情感、理想、人格于一炉，用纯青的火候，为我们铸造了一面照史、照人的铜镜。文章表面是写岳阳楼，实际是写范仲淹自己的一生。

范仲淹一生坎坷多艰，两岁丧父，后母亲改嫁，有幸两次于书院苦读，尤其是后一次在应天书院苦读五年，只能全靠稀粥和咸菜勉强度日。功夫不负有心人，公元1014年，26岁的范仲淹终于科举得中进士，后官至参知政事，并执“庆历新政”改革之牛耳。然终因改革触犯了当时贵族的既得利益，遭到反对而失败，被贬出京，一时从人生巅峰滑向人生低谷。正所谓：“宰相出山中，划粥埋金，二十年长白栖身，看齐右乡贤，依然是苏州谱系；秀才任天下，先忧后乐，三百载翰卿著绩，问济南名士，有谁继江左风流？”这副对联是著名学者梁漱溟题刻在邹平长白山醴泉寺范公祠两侧的木柱上的，是对范仲淹一生坎坷经历和不朽业绩的全面概括和高度评价。

《岳阳楼记》就是范仲淹被贬之后所写。它超越了单纯寄情于山水楼阁的狭隘境界，将自然界的变化与现实相结合，扩大了文章的境界。文中“不以物喜，不以己悲”，体现的是中国的传统文化思想，讲究葆有恒定豁达、淡然平静的心态。而“先天下之忧而忧，后天下之乐而乐”，蕴含的价值则是独特的、博大的、崇高的，是一种难以超越的思想境界。

我一边思索着岳阳楼的前世今生，思索着范仲淹的人生轨迹，一边随着人流进入景区。朱红色的大门口，正门上方的“巴陵胜状”四个金色大字，非常气派。两旁柱子上“洞庭天下水，岳阳天下楼”的楹联格外醒目，据说是明代魏允贞《岳阳楼》诗的前两句，用作大门迎客，有先声夺人之妙。宽大的门庭气势磅礴，敞开胸襟迎接着天南海北远行客。

步入大门，首先夺人眼球的是唐宋元明清五个时代的岳阳楼模型，即青铜铸成的“五朝楼观”。五座楼台，分散在院内不同角度，古韵悠然，雅致静穆。其造型各有千秋，风格迥异，但都小巧玲珑，精美绝伦，每一座楼观都是一个时代的缩影，无言地向过往游客传递着那远去岁月里的建筑文明。

现在游人所见到的岳阳楼，为清代所建，1983 年依照“整旧如旧”的准则进行了落架大修，坚持了清代原有的艺术风格和建筑特征。

登楼入阁，在第一层首先看到的是书写着范仲淹《岳阳楼记》的牌匾。二楼有一块风格相似的牌匾。两块牌匾看上去都书法精美，一气呵成，令人叹为观止，落款都是清代大书法家、乾隆皇帝的老师张照。真的分不清孰优孰劣，为什么一座楼里要安放两块几乎一样的牌匾？

传说清朝末年，巴陵来了一位知县，他很早就喜欢张照书写的《岳阳楼记》，一直想据为己有。这位知县上任的第一件事，就是要他的幕僚偷偷地请了一位雕工，并带雕工到现场观看了十几次，用笔记录下了每一块匾的尺寸，每一块有多少个字和每一个字的谋篇布局等情况。然后，采用古老的拓片方法，经过一年多的制作，做好了一个赝品。在他离任的时候，来了个偷梁换柱，悄悄地带着真品跑了。不幸的是，船经过洞庭湖鹿角时，大浪涛天，掀翻了船，这位贪官便要家人抱着《岳阳楼记》的牌匾求生，没想到这块牌匾是紫檀木做的，遇水下沉，结果贪官全家丧生水中，牌匾也沉入湖底。

过了十几年，一个老渔翁打鱼将牌匾打捞上来。但只捞到了十一块。这件事被当地文人吴敏树得知，他深知这雕屏的价值，便以一百二十两银子购去。为了不让雕屏缺损，他又出钱请当地水性最好的渔民在现场继续打捞，一连几天无任何收获。吴敏树只得又花了三年多时间，临摹张照的书法，才补上缺失的那一块雕屏。1933 年修葺岳阳楼时，吴敏树后人捐献出全部雕屏，嵌于二楼，保留至今。

珠江电影制片厂在 20 世纪 80 年代曾拍摄了一部电影叫《巴陵窃贼》。故事是围绕《岳阳楼记》雕屏被“以假乱真”而展开的，电影的结局与传说大同小异：真品雕屏沉于洞庭湖底，国宝永远留存下来……

登上楼来，放眼望去，横无际涯的八百里洞庭湖直入眼底，令人陡然间心旷神怡，顿觉入了“无我无人”之境。

一楼《岳阳楼记》雕屏两侧金柱上，由清同治年间江南西道监察御史窦垿撰联，清代大书法家何绍基书。该联共 102 个字，对得极工、极巧、极妙，让人百读不厌。

上联云：“一楼何奇？杜少陵五言绝唱，范希文两字关情，滕子京百废俱兴，吕纯阳三过必醉。诗耶？儒耶？吏耶？仙耶？前不见古人，使我怆然涕下！”

下联道：“诸君试看，洞庭湖南极潇湘，扬子江北通巫峡，巴陵山西来爽气，岳州城东道崖疆。潴者，流者，峙者，镇者，此中有真意，问谁领会得来？”

登上二楼，正中赫然悬挂着一幅金字的《岳阳楼记》，这幅雕屏即为大书法家张照所书，字形方正、笔力雄浑、技法多变、独具匠心，为传世珍品。二楼也有楹联两副，分别是：“每眼前望吴楚东南，辄忧防海；祇胸中吞云梦八九，未许回澜。”（清光绪丙申岁巴陵李荣丙撰句，临湘吴獬书）；“湖景依然，谁为长醉吕仙，理乱不闻惟把酒；昔人往矣！安得忧时范相，疮痍满目一登楼。”（清末翰林郑家溉所撰楹联）

来到三楼，东西两侧面也各有对联一副。西联是“杜诗范记高千古，山色湖光共一楼”，由当代书法家李立所书。东联是岳阳楼上最短的一副八字联，“水天一色，风月无边”，为唐朝李白所题。短联的中间是一块写有杜甫《登岳阳楼》的诗匾，诗云：“昔闻洞庭水，今上岳阳楼。吴楚东南坼，乾坤日夜浮。亲朋无一字，病去有孤舟。戎马关山北，凭轩涕泗流。”这首诗，写于诗人逝世前一年，正是“晚节渐于诗律细”的时候。这首诗意境开阔宏伟，风格雄浑渊深，是杜甫诗中的五律名篇，前人称之为“盛唐五律第一”。从总体上看，江山的壮阔，与诗人胸襟的博大，在诗中互为表里。虽然悲伤，却不消沉；虽然沉郁，却不压抑。宋代胡仔《苕溪渔隐丛话》引蔡绦《西清诗话》说：“洞庭天下壮观，自昔骚人墨客，题之者众矣……然未若孟浩然‘气蒸云梦泽，波撼岳阳城’，则洞庭空旷无际，气象雄张，如在目前。至读杜子美诗，则又不然。‘吴楚东南坼，乾坤日夜浮’，不知少陵胸中吞几云梦也。”

“四面湖山归眼底，万家忧乐到心头。”这是古人的忧思，站在岳阳楼上，也许我没有那么宽广的胸怀大放激情，“洞庭西下八百里，淮海南来第一楼”的盛景却是真真切切地展现在我的眼前。远处，夕阳坠落在烟波浩瀚的洞庭湖水中，小舟穿梭在银色的波影里；近前，绿树成荫，姹紫嫣红，隐匿在高楼间；身边，人海如潮，长发花伞下笑容绽开。此情此景是人间，更是天堂。

历代名人在洞庭湖边、岳阳楼上抒发的情怀和创造的文化宝典，是留给我们这些后人的巨大精神财富，与现代高科技建筑相比，岳阳楼也许会黯然失色。然而，岳阳楼在人文精神层面所蕴含的价值，是独特的、悠远的、深厚的，这是现代建筑难以超越的，也是高科技建筑无可比拟的。

从这个意义上说，岳阳楼不仅是一座历史景观，更是一座人文丰碑。千古一楼，千古一梦。湖不似当年，楼不是当年。沉浸在历史氛围中的我，真切地感受到文化的深沉。

# 水天一色青海湖

孔老夫子说："知者乐水，仁者乐山。"我不敢妄称智者，却非常喜欢水，尤其迷恋澄澈清明、风姿绰约的湖泊。我去过杭州的西湖，小巧玲珑，纤细精美，气质如兰，有些不出格的狂野，没有风的时候，无声的西湖静如处子，平静的湖面宛若一面不曾打磨的镜子。我在湖南岳阳楼上观赏过洞庭湖，"衔远山，吞长江，浩浩荡荡"，雷霆万钧，波飞浪涌，"遥望洞庭山水色，白银盘里一青螺。"素有"高原明珠""人间瑶池"之称的青海湖，一直是我向往的地方。2013 年 8 月，我退休后的第二个年头，和几位好友相约，去了一趟青海，终于圆了心中一个梦想。

从西宁到青海湖大约两个半小时车程，走的就是著名的青藏公路，透过车窗望去，群山起伏，草场丰茂，一派草原风光。青海的山不同于南方的山那样树木葱茏，由于强烈的光照和稀少的降雨量，这里的山峦树木很稀疏，基本为草甸所覆盖，但却别有一番风味。浅绿色的连片牧草像一件件绒衫披在山体上，为西部线条硬朗的山峦平添了几分娇嫩和可爱。

出了湟源峡谷，很快就到了青藏高原和黄土高原的分界线——日月山。这是此行海拔最高的地方，有 3400 米。传说，日月山是文成公主进藏脱下汉服换上藏服的地方，也是她回望故乡的地方，两座山头就是她在悲伤中将日月宝镜失手掉在地上碎成两半变成的。传说当然是人们的美丽想象，但是，当我站在日月山顶，俯瞰大地，远处的山峦、草原、田地、房舍尽收眼底，羊群像雪白的珍珠洒在草原上，五彩经幡在风中猎猎飘扬，我突然理解了文成公主那一回眸的无限悲伤——这样壮丽的大好河山，这样宁静祥和的土地，有谁会不深情眷恋呢？文成公主在日月山上留下了她的汉家衣冠，而我，也在天地山川的浩然之气中进行了一次历史的旅行。

翻过日月山，汽车向天边驶去，时不时能看见晚开的油菜花，金黄一片，正开得喧嚣。蓦然间，一道独特的风景出现在眼前，在地平线与天相接的地方，出现了一条蓝色的绸带。曾经想象过无数次的青海湖，就这样毫无准备地出现在了我的眼前。

青海湖古称“西海”“羌海”，又称“鲜水”“鲜海”。从北魏起，更名为“青海”，藏语称“措温布”，蒙语称“库库诺尔”，其意思均为“青色的海”。我想，这应该就是青海省的来历。

郦道元在《水经注》中这样描绘青海湖：“水色青绿，冬夏不枯。自日月山望之，如黑云冉冉而来。”向人们展示了青海湖是一片直达天际的云梦大泽、泱泱水域。

站在青海湖畔，我被眼前这梦幻般的美震慑了：蓝色的湖面像海洋，又比海洋蓝得更纯正；像天空，又比天空蓝得更深沉。湖面和蓝天，不知是湖面映出了蓝天，还是蓝天映出了湖面。一群群的水鸟，或翔于湖面，或戏于水中，金风送爽，一派祥和景象。

在明媚阳光的照耀下，蓝色的湖面上摇曳倒映出几个岛屿的轮廓，也倒映出许多关于青海湖的神话传说。有人说，青海湖是西王母娘娘最大的瑶池，每年农历六月初六，西王母会在此设蟠桃盛会，宴请各路神仙。有人说，古时候，大海里的老龙王，为让四个儿子学好治海本领，把海分封给儿子们管理。大儿子分到东海，二儿子分到南海，三儿子分到北海。小儿子呢，老龙王没有分给他，只是对他说："我的海都分完了，你要是勇敢的龙的子孙，就自己去造一个海吧。"于是，小儿子来到大西北，引来108条江河的水，汇成这浩瀚的西海，因为这个海是和东、南、北各海相抗衡的，所以面积非常大。这个海就是现今的青海湖，因此龙王的小儿子也就成了西海龙王。有人说，这是当年文成公主在进藏途中，行至日月山口，回首汉宫，思念之情油然而生，禁不住潸然泪下，泪水汇成一条小河。公主担心小河东流至长安后，恐为亲人所见，故向上苍祈求，让其改流，天神、河神为之感动，遂形成一条"众河皆向东，唯此向西流"的"倒淌河"，与众河汇流成青海湖。还有人说，青海湖本身是一眼神泉，当年孙悟空大闹天宫，被二郎神追赶到这里，二郎神又饥又渴，用三块石头支了一口锅做饭吃，取泉水后忘记了盖好神泉盖子，二郎神刚把盐撒到锅里，泉水马上涌出成了一片汪洋。情急之下，他抓起了一座山压在神泉之上，便成了现在的青海湖和湖中的海心山，支锅的石头便是现在湖中的三个小岛，撒在锅中的盐和水溶在一起，所以湖水是咸的。

据藏族同胞传说，在很早以前，千里草原上只有一眼清泉，一块石板盖在其上，泉水长流不溢。周围居住的放牧百姓，饮水后必须把石板盖好，否则就会大祸降临。有一年，吐蕃王朝宰相隆布嘎尔父子逃亡来到这里，儿子饮完水忘记盖石板，泉水便汹涌奔泻出来，越来越多，千里草原变成了汪洋大海，成千上万牧民被海水淹没。此事惊动了天神，天神将印度赤德山的峰头搬来压住了海眼，青海湖和海心山就这样形成了。

仅仅这些传说故事，就足以让青海湖令世人迷恋，而蓝色湖面上那微微泛动的波澜，又似乎在悄声地叙说着青海湖遥远的历史，变迁的过程：早在二亿三千万年以前，这里曾是一片浩瀚的古海，甚至和现在的太平洋连在一起，后来，在一次强烈的造山运动中，喜马拉雅山的隆起把全部海水逼走，古海变成了内陆盆地。又经过一段漫长的岁月，一些河流、湖泊和沼泽形成了这个青海湖，然而那时它还是“活”的，它的水流入黄河。到了大约十三万年前，在地质学上称为“第四纪”的时候，又一次地壳运动，一下子把青海湖的出口堵得严严实实了。那条输出湖水的河流也来了个首尾大掉头，倒流入湖了……

不知是谁的呼唤在这里千年的传响着，不知是谁的期盼在这里千年的守护着，也不知是谁的思念在这里千年地流淌着。青海湖，它就这样从远古走到了今天，日复一日，年复一年，依旧那样的蔚蓝、美丽、迷人。

青海湖实在太大了，湖水的尽头和天际线相连，纵目远眺能够产生一种高远的幻觉，碧蓝色的湖水，水面波光潋滟，水天一色，分不出哪是湖水哪是蓝天，唯一能分辨的，就是蓝天上有飘逸的白云朵朵，湖水里有波浪的荡漾。

青海湖的水没有大波大浪，更没有惊涛骇浪，只有柔柔的浅波细浪，像一池温润晶莹的宝石溶液，平静爽滑，安详恬淡。不论你有再多的烦恼、忧伤、躁动不安的心绪，来到青海湖温馨的怀抱，心都会平静安定下来，变得心平气和，踏实安详，心仿佛被温情脉脉的湖水融化，化为湖中的一粒水滴，一道柔波，一泓淡蓝，你会在她温柔的怀抱里陶醉、安睡、溶化……

岸边的漫步驻足，怎能诉尽对青海湖的向往？于是我们登上了游艇。

当游艇顶着风箭一般驶向湖中的时候，我终于和青海湖的怀抱有了一次亲密接触。海水远看湛蓝，而在湖中细看则又成了青绿色。游艇划开碧波，船两侧激起的雪白的浪花一路欢歌，飞溅在我们的脸上，有一种不可言传的快慰。游艇在碧波中颠簸摇摆，我突然升腾起一股豪情，觉得自己似乎成了穆天子，驾着八骏飞驰向天边的瑶池（《左传》记载有周穆王驾八骏马西游，至昆仑丘与西王母宴会酬答等事）。到了湖中间，驾船人熄掉马达，任由游艇在水中打转，这时我的眼睛明显不够用了，因为每转一个角度都会看见不同的景观。转向湖心，则看到水天相接浩瀚无垠；转向岸边，则看到高山流云，绿野金花，游艇一遍又一遍地悠闲地打转，我们就只管尽情享受这 360 度全景的视觉盛宴了。

听当地人说，青海湖的湖水有半年是在冰层下静默的，因为青海湖每年 12 月就会进入冰期，冰层达半米厚。想象一下，一片冰封的湖面又是一番怎样的模样。次年的 4 ~ 5 月，湖面起风的时候，冰面开始吱嘎地断裂，但要在 6 月前后开湖时，才能捕到鱼。

青海湖的水是咸的，我以前以为咸水里是没有鱼类的，但到了青海湖才知道原来湖中泛游着肥肥的鳕鱼和小湟鱼。青海湖的湟鱼是一种很有故事的鱼，湟鱼又称无鳞裸鲤，属高原冷水系鱼类，生长缓慢，10 年只长 500 克。湟鱼全身裸露，几乎无一鳞片，体形近似纺锤，头部钝而圆，嘴在头部的前端，无须，背部灰褐色或黄褐色，腹部灰白色或淡黄色，身体两侧有不规则的褐色斑块，鱼鳍带淡灰色或淡红色。湟鱼的故乡在淡水河里，青海湖只是它的第二故乡，小湟鱼游进青海湖生活，长成大鱼后便又返回淡水河中交配，可能是青海湖的咸水不利于湟鱼生儿育女。中午，我们在湖边的一家饭馆就餐，品尝到了红烧湟鱼，肉质肥厚，味道鲜美，最重要的是天然纯净，完全没有污染。那是我第一次也是最后一次享受这美味。又过了两年，听去过青海湖的朋友回来说，青海湖边那家饭馆还在，但是已经没有了红烧湟鱼这道名菜，据饭店老板讲，湟鱼已被作为国家二级保护动物、青海湖特有的珍稀物种被保护了起来。

有人说，高原上的湖泊，是躺在地球表面上的一颗泪珠。眼前的湖水，在烟波中起伏荡漾，在阳光下变幻着深深浅浅的蓝，每一种颜色的淡出和淡入，仿佛都应和着自然的声息。在这里，没有漂泊的宿命感，没有生之渺小的惆怅。相反，会有一种如禅定般的充盈与淡然，这里的一切是天然的、澄净的，就像高原上空飘过的白云，丰富而单纯，圣洁而动人。

在渐行渐远的归途中，蓦然回首，青海湖渐渐地与苍茫的天、清凉的风、洁白的云融为一体，又分不清哪是湖哪是天哪是风哪是云了。

我感觉，青海湖有一种东方的气质，看似简单，蕴含的内容却很深广。世上众多湖泊都以瑰丽秀奇为世人所喜爱，青海湖则把瑰丽舒展为平和，把秀丽置换成一种壮阔。在这里，草原和大海得以对接。草原的优美、海的浩瀚与湖的沉静交织在一起，成就了青海湖的博大之美。青海湖的这份辽阔与舒远，将融入我的生命之中，成为一个永远不醒的梦。

# “天空之镜”茶卡盐湖

茶卡盐湖与塔尔寺、青海湖、孟达天池齐名，是“青海四大景”之一，被旅行者们称为中国“天空之镜”，被《国家旅游地理》杂志评为“人一生必去的55个地方”之一。

茶卡盐湖，位于青海省乌兰县茶卡镇南侧，距离西宁三百公里的样子。每天上午有专门的一班绿皮火车从西宁出发，开得不快，一路摇摇晃晃，用时四五个小时，中午就可到达。途经青海湖一隅，路上闲来无事，可以看看蓝天白云，牦牛羊群，还有那湛蓝的湖水。

茶卡盐湖的火车站，是个非常简单的小站。到了站，火车就停在那里休息，直到下午返回。

进入茶卡盐湖，视线所及之处，全是白茫茫的一片，蓝天下，那晶莹雪白的是盐，那栩栩如生的是盐雕，那波光莹莹的是盐水，让人顷刻便沉醉在茶卡盐湖的美里了。

如梦的地方都有属于它的美丽传说。很久以前，这里十年九灾，牧民们饥寒交迫。后来一位活佛路过此地，王公便去求助。活佛说："湖里住着1000个巴里登拉牧（蒙语女神），那一颗颗晶莹透明的青盐，就是她们辛勤汗水的结晶，能够带来吉祥和幸福。"于是夏秋季节，当地的蒙、藏族牧民便前来采挖青盐，对盐湖更是奉作神明。五月十五日这个吉祥的日子，方圆几百公里的牧民都带着松枝、酥油、炒面、青稞、白酒前来，祭海祈求吉祥。

在盐湖广场上，屹立着的"炎帝制盐""青盐之光""茶马古道""茶卡之歌""马头琴传说""西王母宝瓶"等6座盐雕。这些雕塑，以盐湖原盐和卤水为原料，运用独特的艺术手法，将天然盐晶和雕塑艺术完美结合，呈现出了迷人的艺术奇观。2011年，世界纪录协会颁发证书，认定茶卡盐湖盐雕为世界最大户外盐雕艺术群。这也成就了我国"东有沙雕、北有冰雕、西有盐雕"的雕塑艺术布局。

茶卡盐湖以盛产大青盐而著称，盐的开采历史，可以追溯到三千多年前。由于盐湖对世人慷慨的馈赠，让茶卡一直成为兵家必争之地，成为丝绸之路青海道和唐蕃古道的要冲。

春秋战国时期，这里称咸池，汉代称盐池。盐湖之神奇，在于固液共存，清澈的卤水下，是厚达几米、矿化程度很好的盐层，而高浓度的卤水在日光的映射下，天水一色，将蓝天白云映衬在湖面，故名曰天空之镜。

说起天空之镜，人们自然会想到南美玻利维亚的乌尤尼盐沼，它是世界上最大的盐沼地，奇特的景色和宁静的环境让那里成为许多旅游爱好者的梦想之地。茶卡则被赞誉为中国的"天空之镜"。

相对于玻利维亚，茶卡依然是一片静谧之地，这里的美景更多了一层醉人的绿色，如处子般静静地伫立在青藏高原上。这里，天地一线，在现实世界中已很难找到如此纯净的地方。抬起头，头顶是一片蓝天；

低下头，脚下仍是一片蓝天。已分不清是天空倒映在湖水中，还是湖水流进了蓝天里。丝绸般轻柔的卤水，浸润着洁白的盐层，波光粼粼。漫步湖中，犹如身处苍穹，不知道踩着的是地上铺着的雪白的盐毯，还是天空上飘浮着的洁白的云朵。

在茶卡盐湖旅行，乘坐小火车进入盐湖是必不可少的体验项目，乘坐小火车进入湖内，可以眺望美丽的湖景，进到湖的最深处，那里的风景更美丽。

通往湖心的铁轨，始建于1958年，轨距仅有60厘米，是目前存世较少的“寸轨”铁路。到了2008年，伴随着船采船运工艺的投入使用，小火车完成了它的工业使命，渐渐远离了盐湖工业，但历史遗留下来的铁轨横穿茶卡盐湖，与湖面构成一道靓丽的风景，而在摄影者眼里却成为一种艺术。

神奇的茶卡盐湖，犹如雪白无瑕的地毡，延伸到遥远的雪山脚下，和依稀可见的雪山融合在一起，把蓝天拉到地平线，峰峦的曲线浑然天成，勾勒着最简单的素描。

茶卡盐湖的蓝，来自于天空。天空晴朗，白云浮动，蓝天白云倒映在盐湖的水面上，盐湖的水是蓝蓝的，蓝得像宝石，蓝得醉人，湖面映出太阳的七彩光芒，若神话故事中的宝镜一样。蓝蓝的湖水和蓝蓝的天连在了一起，分不清哪是湖水，哪是天。

其实，茶卡盐湖本身是白色的，一望无垠的白，水的底层是洁白如雪的盐。据传，十几万年前，一次神奇的地壳运动，使这块地面隆起变成了世界上最大的高原，结果海水留在了一些低洼地带形成了许多盐湖和水塘，茶卡盐湖就是其中一个。茶卡湖的盐极易开采，人们只需揭开十几厘米的盐盖，就可以从下面捞取天然的结晶盐，开采过的卤水，几年之后又会重新结晶成盐层。

茶卡盐湖是柴达木盆地四大盐湖中最小的一个。茶卡盐湖面积有多大？答：是杭州西湖的十几倍。有多厚？答：最厚地方有 15 米。还可用几年？答：供全国 14 亿人口继续用上百年。啊，简直难以置信。

站在盐湖的栈道上，凉风飕飕。放眼望去，整个盐湖就像一片白色的沙滩，游人如织，到处是身着色彩艳丽服饰的人群，仿佛每个人都在以自己最喜欢的方式与茶卡盐湖相遇。

一对年轻的情侣，像一对快乐的水鸟站在湖面上，男孩紧抱着女孩，在浅浅的湖水里优雅地旋转着，他们一会儿模仿《泰坦尼克号》里的杰克与露丝伸展双臂；一会儿举起双手，仿佛要托起天空；一会儿又俯下身子，伸手轻抚湖面，好像要去搅乱水中的云朵。不远处，一个男孩端着相机叫喊着，指挥着，为这对情侣寻找最佳拍摄角度。

还有两个小男孩，坐在洁白的盐滩上嬉笑打闹。只见他们手捧亮晶晶的盐粒，相互涂抹到对方的衣服上，还把盐粒强塞进对方的嘴巴，幸灾乐祸地捧腹大笑。他们玩够了，疯够了，就坐在盐湖边上，看着水里倒映着的自己，情不自禁地唱起了歌。

由于时间所限，我们没有看到采盐船采盐时喷水吞珠的壮丽场景，更等不及欣赏盐湖日出和晚霞的绚丽画卷，当然也碰不上涨潮后湖面上留下滚滚盐涛奇观的良机，但我们已经很知足了。

太阳快落山时，我们随着人流恋恋不舍地离开茶卡盐湖景区，傍晚的风很大，温度也降低了不少。回望盐湖，透明的水纹随风一浪一浪地涌向湖边，轻缓的水声触动了心底的柔弱，不经意间便有了一份眷恋和感叹，此刻的心情，正如诗人后街的《茶卡盐湖》所描绘的那般绝妙：

一面镜子，从青海的天空中飘落，落在茶卡。
是佛的口袋里丢失的那一枚魔镜吗？

青稞念经，牛羊欢乐，尼玛堆舞蹈。

湖如镜，镜是湖。
蓝天、雪山、白云、人影，还有清纯的气息，
被吸附在镜子里。

突然，一串鸥鸟的鸣叫从头顶上掉下来。
那鸟鸣声如金属，敲裂了这面明镜。
茶卡盐湖，散落在青海的、地质的、透明的玻璃碎片。

# 船行漓江画中游

## ——桂林游记之一

你看到什么样的风景，是由你拥有什么样的心情决定的。那种美好不是为了看而看，而是一种不期而遇。

——题记

“要么读书，要么旅行，身体和心灵总有一个要在路上。”我看到这句话是在《走吧，张小砚》这本书上，如今它已经成为在很多文艺青年中流行的标签。因此“旅行”或者“出去走走”这样的文字，也就成了他们行程表上或者年度计划里必不可少的一项了。要问目的地是哪里，好像不说出西藏、云南、新疆这三个地方，就会被归为普通旅行者的行列，再提到其他的旅游景点，他们又会连连摇头，遗憾地说道：“哎，那些地方现在太商业化了，已经看不到原有的风景了。”但是，作为一个退休的“文艺老青年”，我却在曾经去过，但因心情不好而没有留下深刻印象的旅游景点中，领略到了不一样的美景。这个地方，就是国内久负盛名的桂林漓江。

初识漓江，是因一部家喻户晓的电影——《刘三姐》。看完影片后，我就深深地被刘三姐那甜美的歌声和漓江旖旎的风光吸引，真可谓：山美、水美、歌美、人美，是一部不可多得的电影。

可是，第一次接触漓江，却有一种莫名的失落感。不仅没有欣赏到她的美，反而有一种大失所望的感觉。

记得是 2001 年 11 月份，我和几个同志相约，乘船去游览闻名遐迩的漓江。

那一年，桂林干旱少雨，又恰好赶在枯水期。漓江的水浅得可以见底，就连有名的象鼻山，那站在江边伸着长鼻孔豪饮漓江水的巨象，鼻子也露出了水面。客船只能在河心里游移。行驶了大约半个小时，游客们纷纷跑到客船的前后甲板和两侧，用相机去拍摄和记录眼前的风景。

为了配合游客的拍摄需要，掌船的师傅也有意放慢了速度。这时，只见河对岸的水里站着两个穿着雨裤的男子，他们手持一根长竹竿，打捞游客扔进河里漂浮着的一元或者五角的人民币，岸上一群孩子见此情景，也纷纷跳进水里，学着大人的样子，用竹竿打捞漂浮的人民币。我偷眼一看，是几个外国人在往水里抛人民币，有个别中国游客觉得好玩，也跟着抛人民币。那几个外国人抛完人民币，还端起相机一个劲地拍摄着人们捞钱的场面。当时，我们几个人非常气愤，但由于不能用英语与外国人直接对话，只好向那几个抛钱的国人喊道："请大家不要再往水里扔钱，不要让外国人戏耍我们的同胞！"我们的喊话果然起到了作用，那几个外国人似乎也明白了我们的意思，不再往水里扔钱了。那些站在水里的大人孩子，见没有人再扔钱了，一个个爬上了岸，渐渐消失了踪影……

这件事情深深地刺痛了我们的心，像一瓢冷水泼在头上，观光的兴趣顿时消失殆尽。

客船又行驶了大约一个小时，快要抵达漓江最著名的九马画山时，由于前方水位过浅，不能通航，只好往回折返。

回到宾馆，大家还对外国人往水里抛钱、人们不顾一切地捞钱而闷闷不乐。一朋友义愤填膺，吃过晚饭，一个人独自闷坐在房间里，给桂林市有关方面写了一封投诉信，要求加强管理，尽快制止往河道里抛捞人民币的行为。

他的投诉信似乎起到了作用，我们再度来到桂林乘船游漓江的时候，已经见不到这种情形了。

第二次到桂林，是在 2014 年 4 月 18 日，我们一行 50 多人乘火车来到了桂林市，下榻三棵树大酒店。

在参观过象鼻山、叠彩山、芦笛岩等景点后，4 月 21 日上午，我们来到磨盘山码头，准备乘船从桂林到阳朔。我们所乘坐的是一艘三层的大型游船，刚踏入船舱门，一阵轻柔悠扬的古典音乐飘入耳中。随之，映入眼帘的是古色古香的内饰，雕刻着镂空花纹的中式实木座椅，座椅之间的条桌上已经摆好了一壶茶，据说还会提供一顿午餐。我不由得喜欢上了这艘船，心情也愈发舒畅起来，对接下来的行程充满了期待。

不一会，船开动了，速度不快，很稳，如果忽略掉发动机的轰鸣声，闭上眼睛，几乎感觉不到船在动。远远望去，两侧连绵的青山和中间的绿水构成了一幅生动的山水画，此情此景不禁让我想到了一句歌词："山千重，水一程，船向阳朔那边行，心中感慨生。"

漓江两岸的山都不高，与北方高大巍峨的山相比，少了几分气势，但胜在秀丽，胜在神奇。如果说北方的山像粗犷的汉子，棱角分明，那漓江的山就像江南柔美的女子，圆润婉约。

漓江的水不深，江面平静得像一面镜子，除了船桨激起的波纹，丝毫感觉不到它在流淌；漓江的水很清，像一条长长的墨绿色绸缎，蜿蜒在山体之间。“江作青罗带，山如碧玉簪。”唐代文学家韩愈在送友人离别八桂江州时所作的五律诗，倒好像是专门为漓江而作似的。

船在江中缓缓而行，江边一丛丛摇曳的凤尾竹，掩映着偶尔露出的农舍。山是不张扬地站在屋后，水是轻缓飘逸地在门前流过。远离了城市的喧嚣，这里该是多么宁静平和的去处：一条小径通到江边，一个戴斗笠的渔人正在系船，几只鸭子愉快地在江里觅食，这幅让人如醉如痴的画面竟使人疑在梦中。

游船大约行驶了30公里，前方一座山峰挡住去路，峭壁如刀削斧劈一般。这是漓江中唯一显得阳刚的山峰。这座山，便是漓江最著名的九马画山。

我和老伴还有一些游客，迫不及待地来到了船的最上层甲板上，瞪大眼睛仔细观瞧，但见这画山五峰连属，东南北三面环山，西面削壁临江，高百余米的石壁上，青绿黄白，众彩纷呈，浓淡相间，斑驳有致，宛如一幅神骏图。

对于九马画山，我国明代旅行家徐霞客曾做过这样的描述：“其山横列江南岸，江自北来，至是西折，山受啮，半剖归削崖，有纹层络。绿树沿映，石俱黄、红、青、白，杂彩交错成章，上有远望如画屏，故名画山。”

九马画山的石头，因常年受山泉雨水冲刷，染上了墨青色痕迹，又像哪位仙人醉酒后情致大发，扬桶倾盆，挥青泼墨，留下的大画。绿树构成这大画的底布，黄白青黑相间的山石，在绿色的衬托下，形成一匹匹骏马的图案，其中一匹最大的，昂首腾跃，鬃毛纷飞，望江嘶鸣，仿佛要飞腾而起，跃过碧绿奔流的漓江。而其他的骏马，或藏头露尾，或耳鬓厮磨，或磕蹄甩鬃，或小跑热身，好像憋足了劲，只要头马腾空而起，它们也扬蹄跃江。这画本是天然，入眼后，加入你的想象，真是神奇无比。

听导游介绍，画山虽然只有400多米高，但却有一个美丽的传说：相传，此处是天庭的御用马场，每日太阳刚刚出来的时候，天神就将无数的天马从栏中放出，任由天马嬉戏，天神便负责监督。一天，天马从栏里放出去后，有九匹又高又大的枣红马冲破天门，跑下人间去了。九匹天马来到此间，一见这里山色青青的，江水亮亮的，柳岸上透出一簇簇鲜花，江水里映出一座座山峰，看着这绿水青山，乐得昂起头“咴儿咴儿”叫了起来，九匹天马真是乐得逍遥自在，它们有的在山上吃草，有的在河边饮水，有的在岸上奔跑，有的在水里洗澡。它们见兴坪镇真是人间仙境，比天上美丽百倍，打定主意都不想再回天宫了。后来，玉帝听说此事便龙颜大怒，派天神下到人间将九匹天马封在山中，并命天神在此日夜驻守。后来，人们知道画山壁上有九匹天马，路过这里的人都要歇歇脚，看一看，数一数。

令人不解的是，都说九马画山“画”有九匹骏马，有数不清的游客赏画数马，却很少有人能看出九匹马。对此，导游介绍说：“我听我爷爷讲，当年两位革命老前辈一起游漓江，一位说，他看出七匹马，另一位说他看出九匹马，真是太厉害啦！”

在导游绘声绘色的讲解中，大家不由得瞪大了眼睛，仔细地观瞧。这个说：“我看到五匹。”那个喊：“我看到六匹。”就是没有人答“九匹”的。导游说：“看来，今天，咱们这些人中，是没有一个人能成为状元郎了。”“那是为什么呀？”导游回答说：“看马郎、看马郎，问你神马有几双？看出七匹中榜眼，能见九匹状元郎。这是我们当地一首有名的歌谣，你们当中没有人看出九匹马，当然，就成不了状元郎了！”

“哈哈哈——”人群中顿时传来一阵哄笑声。

听了导游的话，一直站在我旁边的一位年纪稍大于我的外地老同志（听口音好像山东德州一带人）轻声问我：“老弟，你相信导游这话吗？”我回答道：“俗话说，三分形象，七分想象，我觉得九马画山和其他景点一样，在观赏的同时，还需要加上一定的想象力，但这又何尝不是旅行的魅力和乐趣所在呢。”

老汉悠然一笑说：“你说得太好了！只有大善之人，才独具慧眼，才能看出九匹马。革命前辈把为人民服务装在心窝里，为老百姓做好事，鞠躬尽瘁，死而后已。他是上善之人，当然能看出九匹马。”

我说：“另一位老革命也是位光明磊落，通体透明，时刻把人民挂在心上的好人啊，他为啥只看到七匹马？”老汉道：“他那是谦虚，是对那位革命前辈的崇敬！”说完，老汉问我看出几匹马，我回答说：“我看到了十八匹马。”

还没有等老汉回话，导游听了我的回答，吃惊地说道：“我带过的客人都称自己肉眼凡胎，看马没有超过七匹的，我从小在漓江边上长大，也从未能数出有九匹马，你咋这样说呢？”我回答：“这是那位革命前辈告诉我的。”导游问：“革命前辈只说他看出九匹马，也没说有十八匹呀？”我说：“革命前辈说他看出九匹马，是指石壁上的，还有九匹马在水里（倒影）呢！”听了我的回答，导游高兴地拍掌大笑说：“叔叔，你说得太棒了，太绝妙了，我以后再带客人，又有新话题了！”

过了九马画山，船又行驶了大约 10 公里，岸边峰峦渐少，且都离岸而去，江面也宽阔起来，导游提醒大家说：“前面马上就到黄布滩了，我们就快看到著名的‘黄布倒影’啦！”

我听人说过，“黄布倒影”风景秀丽，是漓江精华中的精华。据说天晴时，可以在平静的江面上看到岸边山峦和凤尾竹清晰的倒影，许多电影都在这里取景。这里江水清澈，碧绿透底，从水面上可以看到江底有块米黄色的大石板，长、宽各数丈（一丈约三点三米），恰似一匹黄布平铺在河床之上，黄布滩由此得名。

船到黄布滩，导游介绍说：“第五版 20 元人民币背景元宝山图案，就取自黄布滩倒影。”这时，我看到有些游客立即掏出 20 元人民币，拿着它与周围的景色开始认真地做比对。突然，听到有人尖声叫道：“快看，快看，黄布倒影！”所有游客顺着她说的方向望去，只见水里呈现一片山的倒影，极为壮观，让我真切地体会到“船行碧波上，人在画中游”“分明看见青山顶，船在青山顶上行”的意境。

游船继续前行，这时江岸上传来悠扬的歌声，断断续续如隐在薄雾后的山峦。

我一直在想，大自然的功力真是太神奇了，她造就了漓江的神奇美妙世界。这里的山、水、石壁、竹筏都像是被诗化了，妩媚得如花似玉，使人如痴如醉。

这一次游历，我被漓江之美陶醉了、折服了、吸引了。此时，语言显得是那么苍白。眼睛的捕捉，是可以陶冶性情的山水；镜头的捕捉，是可以被复制的瞬间；而心灵的捕捉，才是诗情画意的源泉。

欢愉的时光，总是嫌时间过得太快，不知不觉中，此次旅游的终点阳朔，已近在眼前。

此刻，阳朔岸上的广播里，传来了电影《刘三姐》里熟悉的歌声，将我的思绪带去了远方：

“唱山歌来——

这边唱来那边合

那边合

山歌好比春江水也

不怕滩险弯又多喽弯又多——”

# 竹筏漂流遇龙河

## ——桂林游记之二

有人说，到桂林不去遇龙河，等于没有到桂林。在地图上根本不起眼的遇龙河，真有这么诱人吗？

遇龙河是漓江在阳朔境内最长的一条支流，全长 43.5 公里，流域面积 158.47 平方公里，常年水质清澈，水流缓缓，人称“小漓江”，不是漓江胜似漓江。主要景点有遇龙桥、犀牛塘、五指山、富里桥、八仙过海等 20 余处。

整个遇龙河景区，没有任何现代化建筑，没有人工雕琢痕迹，没有都市喧嚣，一切都是那么原始、自然、古朴、纯净，不愧为桂林地区最大的纯自然山水园地。有人说，如果把漓江比作众人倾慕的大家闺秀，那么遇龙河则是让人怦然心动的小家碧玉。国内外专家一致认为：“遇龙河是世界上一流的自然遗产。”

2014 年 4 月 22 日上午，风和日暖，我们兴致勃勃地来到遇龙河边的渡口，只见一排排竹筏有序地停留在那里，迎接着来自五湖四海的客人。

竹筏是用茅竹捆绑而成的，两头微微地往上翘起，行驶起来很稳健。大的竹筏可以乘坐四个人，小的可以坐两个人，竹筏中间捆扎着四把或者两把竹椅，坐上去不摇不晃，加上每人穿一件橙红色的救生衣，还有水性绝对了得的撑筏师傅手持长篙立在身后，即便像我这样完全不识水性的人，心里也不会发毛。

我们团 50 余人，多数人坐的是四个人的大竹筏，我和老伴坐的是两个人的小竹筏。十几条竹筏先后启动了，只见江面众筏竞发，你来我往，争先恐后，水花四溅。场面颇为壮观。

遇龙河的漂流河段全长约 16 公里。为我们撑竹筏的是一位老艄公，他大约 50 多岁，饱经风霜的脸上，布满了深深的皱纹，微微下陷的眼窝里，一双深褐色的眼眸悄悄地诉说着岁月的沧桑。头上戴着一顶破草帽，露在帽檐外边的头发有些发白了。肩上搭着一件灰不灰、蓝不蓝的褂子。整个脊背，又黑又亮，闪闪发光，好像涂上了一层油彩。他的手，有小蒲扇那么大，每一根指头都粗得好像弯不过来了。只见老艄公轻点手中之竹，竹筏便轻轻地向前漂去。

遇龙河的水面是平静的，平静得犹如一面天然形成的镜子。不仅将岸边高高低低的青山倒映在碧绿的河水中，连河边的树木花草都倒映在里面，在林间穿梭的小鸟也融入这幅巨大的画面、这面广阔的镜子之中了。竹筏经过之处泛起层层涟漪，将倒影击碎，湖面闪着星星点点的光影。迎面吹来的轻柔的小风，抚摸着我们的面颊，这感觉真是令人回味无穷。这里真是一种不经人类雕琢的原生态的美，美得令人窒息，难以言喻。

在竹筏行进中，我很客气地与艄公攀谈起来，问他贵姓，他说姓杨。

他问我们是从哪里过来的，我告诉了他。这时，我看到杨师傅眼睛里仿佛闪过一丝光亮，嘴角微微上翘，笑眯眯地对我说："真是太巧了！我儿子就是从你们那里的地质大学（原石家庄经济学院）毕业的，现在在上海读硕士，女儿在桂林师范大学读大二。"我连忙向他道喜说："你的孩子们真有出息，不过这年头培养两个大学生不容易呀！"他叹口气说："可不是嘛，要不是为了供孩子们读书，像俺这把年纪的人都不再撑筏子了。说起来孩子们都挺争气的，一边读书，一边打工，也不用我们费多大心。"

一番叙谈，拉近了我们之间的距离。我问杨师傅这遇龙河可有什么典故。古道热肠的杨师傅打开了话匣子，为我们讲了一个美丽的民间传说：遇龙河原名安乐水，明朝永乐年间，有一个秀才行色匆匆地赶往京城。行至安乐水边，适逢水怪兴风作浪举步维艰，偶遇一貌美龙女，龙女施法术请来东海龙王和八仙，斩除邪怪之余，还在河上架起一座金桥，把秀才送到对岸。后来秀才与龙女结为秦晋之好。再后来秀才弃官回到安乐水边，夫妻筑庐耕织，安乐水便易名"遇龙河"。

正在这时，水中有一条鱼跃出水面，河水溅了我一脸，老伴掏出纸巾为我擦拭，我们的谈话被打断了。

环视四周，竹筏到处，水花飞溅，流光溢彩。河水并非大海那样波澜壮阔、汹涌澎湃，而是轻如碧纱、风平浪静。水中的碧草丛丛倒卧，宛如一只只孔雀开屏。放眼远方，但见云雾缭绕，群鸭戏水，妇女洗衣，渔翁垂钓，飞鸟迂回，游人如醉。

苏东坡云："无肉使人瘦，无竹使人俗。"这一切，都被两岸郁郁葱葱的翠竹掩映着，遇龙河不通舟车，又远离城市的喧嚣，实乃采菊东篱、修身养性的理想所在。

竹筏在水中轻轻地漂流，清亮碧透的河水缓缓地漫过，阳光投射在水面上，泛起粼粼的波光。抬头，是两岸的青山，俯首，是碧绿的水，侧耳，水声潺潺，令人心旷神怡，好一方人间仙境。

一路前行，不知不觉间竹筏已行至遇龙桥边。听杨师傅介绍，遇龙桥建于明代，是阳朔境内最大的石拱桥。1944 年 11 月，日军占领阳朔，县政府撤往金宝，遇龙桥一度成为敌我双方争夺的重要通道。日军在桥上构筑工事，与据守桥南的抗日武装对垒。令人惊叹的是，这里发生过数十次激烈战斗，而遇龙古桥居然在炮火中安然无恙！如今，桥头屹立的抗战胜利碑及《天作寨抗战记》都记录了那段中国人民英勇抗击外来侵略的历史。后来，石碑在动乱中断裂。

竹筏经过遇龙桥后，杨师傅将竹筏靠近岸边停下，对我说："在这里照张相吧，挺有纪念意义的。"我从背包里掏出"傻瓜"照相机，与老伴相互给对方拍照。杨师傅说："我给你们夫妻拍一张合影吧！"我说："那太好了，谢谢你！"说完我把照相机交给杨师傅，听得几声咔嚓响，我们的身影永久地留在了遇龙河上。

竹筏再度出发，杨师傅提醒我们说："要过堤坝了，扶稳坐好，把脚抬高。"竹筏倏而冲上堤坝，滑下的瞬间，溅起一片清澄的水花。顺着遇龙河慢慢地漂流，我们经过了九个大小不等的瀑布堤坝，每次都那么地惊险刺激，每次都留下了快乐的笑声。

过了一会儿，竹筏在水面上拐了一个大弯，流进了一片更阔的水面，岸上的凤尾竹更加茂密和翠绿，或许是沾了山之精华、染了水之灵气，一簇又一簇风姿绰约地倒映在淡绿的水面上，眼前的遇龙河多出了几分雅致，几分诗意。耳边似乎响起施光南先生的《月光下的凤尾竹》，眼前的凤尾竹更有了独特的韵味儿，更真更美……

两岸的山峦千姿百态，活像一件件艺术品，都一下子来到面前，无不带着一种洒脱飘逸的神气。杨师傅一边撑着竹筏，一边给我们介绍河岸的景致。这是馒头峰，那是狮子山，这是情侣石，那是凤点头……

我问道：“这些有趣的名字都是你们给起的吗？”

杨师傅笑答：“才不是呢，我们从来没有那么多想法。都是来这里的游客给起的名字。我们祖祖辈辈在这里居住，只觉得山就是山，石头就是石头，没有什么像不像的。”

听了杨师傅的一番话，我很诧异：人人都说家乡好，他为什么不赞同游客的说法呢？或许是山里人的个性，或许是他们对这里的景物已熟视无睹，或许应了那句佛家偈语“相由心生，境随心转”……

正当我陷入沉思的时候，杨师傅放开喉咙，唱起了山歌：“山是云天上的山，水是云天上的水，这里山水相依美，走来了月亮一样的刘三姐。山呀山滴翠耶，水呀水流玉耶，最美还是三姐的歌哟，醉了蓝天醉白云……”这歌声，赢得了我和其他几条竹筏上的朋友们的喝彩。

后来，另外几条竹筏上的师傅也跟着杨师傅唱了起来，耳际山歌阵阵，人在画中游，令人飘飘欲仙。

时间过得很快，眨眼之间，两个小时的漂流时间就要到了，十几条竹筏掉转头，开始返回渡口。我们都觉得有些意犹未尽，恋恋不舍。

上岸前，我和热情爽朗的杨师傅握手告别。

上岸后，这山的王国、水的乐园、人间的仙境，始终萦绕心头。河上来往穿梭的竹筏，仿佛在水里游弋的鱼儿。撑一篙竹筏便可寻一个梦，一个繁华都市中从不曾有过的梦。

# 贡院乡试“中状元”

## ——桂林游记之三

桂林靖江王府是个不得不去的地方，有种说法是：“不到靖王府，不算到桂林。”还有人说：“阅尽王城知桂林。”

2014 年 4 月 22 日下午，我们来到了靖江王府。

据称从秦始皇“北筑长城，南修灵渠”开始，就有了桂林，靖江王府位于桂林市中心，王府周围筑有王城。

靖江王府是明太祖朱元璋其侄孙朱守谦被封为靖江王时所修造，当年由刘伯温选址，于洪武五年（1372）在独秀峰下动工，并于洪武二十五年（1392）建成，比北京故宫还要早建 34 年，它还是南京故宫的精华缩影。明朝共有 12 代 14 位靖江王居住于此，历时 280 年，是国内现存最完整的明代藩王府。近代的孙中山、李宗仁、白崇禧也都曾把这里当作大本营。

靖江王城规模宏大，布局严谨，气势森然。殿堂巍峨，亭阁轩昂，恍若仙境。王城周围是用方形青石所筑的长约 1.5 千米的城垣，城开东南西北四门，分别命名为“体仁”（东华门）、“端礼”（正阳门）、“遵义”（西华门）、“广智”（后贡门）。王府在桂林城中自成一城，故称王城。尽管王城建筑在清初和 1944 年遭到两次毁灭性的火焚，今天所见的王府建筑大都是后人重建，但四周王城城墙、王道和雕栏石阶都是 600 多年前的旧物，从中仍可领略到昔日王城的威严奢华。

来到靖江王府，我们先去游览了位于靖江王城内的独秀峰，它是王城景区不可分割的部分。

独秀峰孤峰突起，陡峭高峻，气势雄伟，群峰环列，为万山之尊，素有“南天一柱”之称。山东麓有南朝刘宋时文学家颜延元读书的山岩，为桂林最古老的名人胜迹。颜延元曾写下“未若独秀者，峨峨郛邑间”的佳句，独秀峰因此得名。

独秀峰号称桂林的“众山之王”。峰高约 66 米，一峰独秀，有唯我独尊之势。峰上的摩崖石刻以“南天一柱”“桂林山水甲天下”和慈禧的“寿”字最为有名，再加上“五福”刻字的由来及神秘的太岁文化，让独秀峰更有看头……导游的详细讲解，加上一路的用心游览，我们便对那句“阅尽王城知桂林”有了更深的体会。

独秀峰的峰顶是观赏桂林全城景色的最佳去处，自古以来为名士所向往。攀登 306 级石阶可至峰顶，峰顶上有独秀亭。明代大旅行家徐霞客在桂林旅游一月有余，却因未能登上独秀峰而遗憾。

由于老伴体力不佳，我们未能登上顶峰，但并无大旅行家徐霞客之遗憾。

接下来，我们饶有兴致地游览了广西贡院。

贡院，是古代的考场，即开科取士的地方。贡，就是通过考试选拔人才贡献给皇帝或国家的意思。贡院最早始于唐朝。据国外有关人士研究，中国科举考试是世界上最先进的选拔人才的一种方式。

1657 年，清政府将明代桂林靖江王府旧址改建成为广西贡院，作为全广西考生参加乡试的考场，最具规模时有考舍 5500 间。整个科举制度实行的 1300 年间，广西一共出了 12 名状元，桂林占了 8 名。在科举考试中连续在乡试、会试、殿试中都考第一名，叫“三元及第”，也叫“连中三元”。我国科举史上一共才产生 13 名“三元及第”者，可以说是百年一遇。广西临桂县的陈继昌就是最后一位“三元及第”的人，今天人们在靖江王府正阳门上看到的镌刻有“三元及第”字样的牌匾，就是当时两广总督阮元专门为陈继昌写的。

我们从靖江王城东华门进入贡院，首先映入眼帘的是“贡院”两个大字，随即看到的是大门两旁的一副对联，上联写的是：“十年寒窗，诵四书，言五经，习六艺，只为龙门一次”，把考生要学的知识、要苦读的时间、所受到的艰辛与苦楚都写在其中；下联写的是：“三考得志，官七品，威八面，谒九尊，全因河鲤重生”，考生经过多年的苦读与刻苦，如能中举，则咸鱼翻身，未来曙光一片，前程似锦，光耀门楣。

一副对联，寥寥数字，道尽了旧时代科考之于学子的重要。

时间早已逝去，斑驳的墙壁却有旺盛的生命在勃然生发。不管旧时的考试制度如何严厉，众多学子总有出人头地的机会，所以一代代学子历尽千辛万苦，不惜“头悬梁，锥刺股”，奋发有为，在求学的道路上奋力求索，以实现人生的理想与抱负。

广西贡院，对于现代人来说，可能还是个颇感陌生的地方。其实，如今的各旅游景点，都喜欢把旅游活动与当地的历史与文化联系起来，更有的地方还会用尽心思把有关历史还原再现出来，吸引游人参与，增加人们旅游的娱乐性与参与性，让旅游活动充满情趣，同时也让商家得到更多的收入。

广西贡院就是这样，游客可以在这里体验古代考试。在导游的鼓动与劝说下，我和其他 59 位游客，尝试着参加了贡院的“乡试”。

参加“科举考试”，让我们有一种穿越的感觉，虽然只是体验，程序却是一道也不少。

贡院还原了当年考场的样子，两排白墙黑瓦的平房，隔成一米多宽的小隔间，内有方凳。一阵鸣锣之后，监考官把我们 60 名“生员”放进考场，关进了考间里。进考间时，要掀开桌板，坐下后，放好桌板就成为考试时用的桌面，边上备有毛笔和墨汁。我和老伴（允许夫妻同时进入）一起坐进小隔间的考位里，有“考官”发给一张考卷，考卷封面上写着：广西乡试 ×× 生员应。谁参加考试，就要在生员前写上自己的名字，等待公布“皇榜”时看自己是否一举中第。

我坐在考位上，看着“巡考官员”在外边来回巡视，的确有一种身在考场的紧张感……据说当年的乡试考试，考生不得离开考场，要在这个考间里待两三天，想想也是特别辛苦……

拿到考卷后，我先浏览了一遍，觉得考试的内容很简单，都是我们一路参观时听到和看到的内容。考卷共有 5 道填空题，我至今仍记得很清楚，分别是：1. 享有“南天一柱美誉”的（　），是桂林众山之王，也是桂林山水文化的杰出代表；2. 靖江王府始建于明代洪武（　）年，比北京故宫早建（　）年；3. 宋代广西提点刑狱权桂林府事王正功在独秀峰下作诗一首，诗中提出了（　）名句；4. 明清时期考试的命题范围均出自《四书五经》，答卷的标准文体是（　）股文；5. 三元及第是指乡试、会试、殿试都取得第（　）名。

看着如此有趣的问题和眼前的笔墨，我觉得很好玩，不假思索地提笔就答，答完之后，又认真检查了一遍，最后在生员一栏填上了自己的名字，就等着监考人来收取考卷了。

几分钟的乡试考试体验结束了，我们从考场出来，在孔庙前等候放榜。

过了约有五分钟，考始结果就出来了，据说是电脑阅卷。这时，一个主考官打扮的人走上孔庙台，开始宣读“圣旨”：“奉天承运，皇帝诏曰，乾隆二十五年四月二十二日，广西乡试生员齐文智、李进章赐状元出身（乡试第一名应称解元），钦此。”

“主考官”宣读完毕，我和齐文智被簇拥着上了台，当即有两名“侍者”给我们换上“官服”，捧接“圣旨”，然后引导我们到孔子庙拜祭夫子，出来之后，一位“侍者”向我鞠躬道贺：“恭喜大人！贺喜大人！高中状元。”我看过不少古装戏，知道这是要“报喜钱”呢，随即从口袋里掏出 10 元钱，交给了他。“侍者”乐颠颠地说：“多谢大人赏赐！”

接着“侍者”带我们来到台前，向台下的游客行致谢礼，台下顿时响起热烈的欢呼和祝贺声，好像真的中了状元一般。照相机和手机，纷纷对准我们两个拍照。

所有仪式结束后，脱下红袍，两位“侍者”手托衣服静立一旁，高声喊道：“恭贺两位大人步步高升！当了状元，是不是得请大家喝喜酒啊？”“需要。”台下的观众一边大声迎合着，一边好奇地观察着接下来将会发生什么新鲜事儿。这时我才弄明白：哄你玩了一场，最终是要付出一定代价的，这个代价就是钱。

这时，“侍者”从孔庙门前的售酒处拿出两盒名为“四元及第”的酒，称此酒为“百年佳酿王府一绝”，并说：“这酒的市场标价为 299 元，由于两位得了状元，目前只需给个‘状元’专享价 99 元。”我们明知此行为属于强制消费，但奈于情面，只得花钱将两瓶酒买下，然后急匆匆走下台。

对于此事，在场的人众说纷纭，莫衷一是。有的说：“这太坑人了！”有的说：“如果是我肯定不买。”我们的朋友宽慰我俩说：“没花多少钱，图个喜庆吉利吧！”

通过参加这次贡院乡试，我感觉如梦似幻，思绪仿佛又回到了 1978 年参加高考时的情景：那真是一场“千军万马过独木桥”的考试，全国参加考试的考生多达 610 万人，原计划仅招生 29.3 万人，后增加近 11 万人，共录取 40.2 万人，录取率仅有 6.6%。那种“一考定终身”的压力，比起旧时的科举考试一点也不轻松。在那年高考中，我以初中学历参加，居然获得了全乡文科类考生第一名的成绩，当时也没有“中状元”似的优越感。

这次贡院乡试得中“状元”，不管是上当受骗也好，花钱买教训也罢，虽然心情有些复杂，只当是参与了一场古装戏的演出，能够亲身体验一把世界上延续时间最长的选拔人才的科场考试，也算是一件挺有纪念意义的事吧。

# 第五辑　浮光掠影

# 不断增强“四力”，妙笔书写新时代

在全国宣传思想工作会议上，习近平总书记广大宣传干部和文学艺术工作者提出了“四力”要求。记者、作家、艺术家等深入基层、深入群众，描写生活中的感人故事，就是践行“四力”要求的体现。

## 一、增强“脚力”，就是要汲取社会实践的丰富养分

脚力，顾名思义，就是行走的能力、两腿的力气。“文生于情，情生于身之所历。”在“四力”之中，脚力处于“基座”的位置，这是因为面对新时代新任务，文艺工作者要擦亮眼珠子、丰富脑瓜子、强化笔杆子，必须首先练好脚板子。

脚力，是强眼力的基础。“涉浅水者见鱼虾，入深海者见蛟龙。”只有常下基层，学会观察分析判断，才能练就“火眼金睛”，真正做到“不畏浮云遮望眼”。

脚力，是强脑力的前提。“纸上得来终觉浅，绝知此事要躬行。”只有常到基层，才能练就“超强大脑”，做到政治上有主心骨，思想上有定盘星，行动上有指南针，真正“千磨万击还坚劲”。

脚力，是强笔力的源头。“闭门觅句非诗法，只是征行自有诗。”只有深入基层，了解群众所思所盼，才能练就生花妙笔，写的文章群众喜欢读，喜欢看。

荷兰后印象派画家凡·高说过：“你是麦子，一定要把你种到麦田里，才能生根发芽，不要在巴黎人行道上枯死。”文学艺术是一项实践性很强的工作，如果仅凭主观臆想、闭门造车，脱离实际、游离群众、远离生活，那么就产生不了好的文学作品，更谈不上有什么针对性、实效性、凝聚力和影响力了。

“要学白藕扎深根，莫效浮萍水上漂。”对文艺工作者来说，离开了实际，工作就没有根基；离开了生活，作品就不会生动；离开了群众，作品就没有观众和受众。增强脚力，是对文学创作实践经验的科学总结。

陕西著名作家柳青，为了深入农民生活，定居皇甫村 14 年，集中精力创作出了《创业史》，因为他对陕西关中农民生活有深入了解，所以笔下的人物栩栩如生。他熟知乡亲们的喜怒哀乐，中央出台一项涉及农村农民的政策，柳青脑子里立即就能想象出农民群众是高兴还是不高兴。

著名作家陈忠实，1982 年已调入陕西作协工作，但他还主动要求到灞桥镇上的一个小村子挂职。他说：“当地村民和我非常熟悉，别说称呼我作家了，就是连我的名字都不肯叫，他们用小名称呼我，遇到红白喜事，我就当账房先生，收礼、记账，主持议程，接触到形形色色的农民形象，直接体验到了各种生活，也体验到了各种心理。”陈忠实到基层体验生活，不仅是“身入”，特别是“心入”，因此能够获得鲜活的素材和生动的细节，把他作品中所描写的人物，一个个都写活了。

“脚力尽时山更好。”练就一双铁脚板，并不是一件轻而易举的事情。要身心齐入练脚力，归根结底是要有强烈的使命感和担当精神，保持“为天地立心，为生民立命，为往圣继绝学，为万世开太平”的历史使命感，把一颗火热的心奉献给人民、奉献给时代，才能不虚不浮、不骄不躁，把工作做到家，才能把文章写进群众心坎里，也写在时代进程中。

## 二、增强“眼力”，就是要把握时代的本质规律

眼力就是观察力、发现力、判断力、辨别力。文艺工作者的眼力需要经常训练，常人看到的是表面的事物，而文艺工作者要从表面的事物中看到更深层次的、更远的东西。文艺工作者不仅要行万里路，还要有“放眼天下”的本领，因为生活中的故事虽然精彩，但需要文艺工作者有善于发现的眼睛。当年莫泊桑向福楼拜学写作，福楼拜让他学习的第一课就是练他的眼力，让他站在车站上观察过往行人，要求他从川流不息的人群中找出一个人物进行刻画，并且能够使人通过阅读文字，一眼就从人群中把这个人认出来。莫泊桑谨遵师命，仔细观察，终于成为世界短篇小说大家。

我曾经读过一则关于俄罗斯作家的小故事，说的是几个俄罗斯作家在咖啡馆里打赌，看看谁的观察仔细。他们对一个刚进咖啡馆门的人进行观察之后，对其进行描述。在这几个俄罗斯作家中，契诃夫胜出了。契诃夫不仅观察到了这个进来的男人鞋子上的泥巴，推断出他刚才走了多远的路，从哪里来，而且根据穿着说出了这个人的职业、家庭构成，以及他为什么呈现出烦恼的表情，他的身体有没有疾病，他还要去哪里，他未来的生活中可能发生什么等等，让作家同行大为折服。

文艺工作者唯有在生活中成长、在生活中磨砺，对人和事物抱有极大的好奇心和探究心，才能保持观察力的敏锐。作家和生活可以从观察、体验、想象三个方向来发生密切的联系。这是文艺工作者应该具备的三种才能。

文艺工作者的眼力，决定着作品的分量。能不能在生活中发现典型，需要眼力，能不能发现重大题材，也在于眼力。法国著名雕塑家罗丹说："生活不缺少美，只是缺乏发现美的眼睛。""厚积才能薄发"，是历来作家的经验之谈。所谓"厚积"，一个重要的方面就是生活的积累。

练就敏锐的眼力，才能目光如炬，判别高下良莠。有这样两句诗，"梨花院落溶溶月，柳絮池塘淡淡风"和"群鸡正乱叫，客至鸡斗争"，这两句诗，到底哪句是好诗？哪句更有意境？想必很多人会说，前者清丽美好，后者是打油诗。然而诗的好坏不以外表是否光鲜为标准。好诗要有兴发感动的力量。后者是杜甫《羌村》三首中的一句，写的是他经过安史之乱，被肃宗逐出朝堂后，身陷囹圄幸而得救，与家人重逢的情景。这两句诗只是一种朴实真切的叙写，并没有声泪俱下的控诉，但寥寥几字，写出了山河破碎、黎庶遭殃、人生苍凉的景象，传递给我们浑厚、博大的感动力量。前者是晏殊的恋情诗，儿女情态、喁喁私语，格局、意境都显狭窄。可见，鉴别良莠、区分美丑并非易事，要有透过现象看本质的能力。文学鉴赏如此，社会分析亦如是。非凡脚力出眼力，见多才能识广。练就这种洞穿真理的眼力，必须经过丰富实践的摔打磨砺。

## 三、增强“脑力”，就是要保持坚定清醒的政治头脑

脑力是分析、思考、解决问题和辨别是非曲直的能力，是透过现象看本质的能力。事物和事件的表象传递、释放的信号只有通过理性、深刻的剖析才能见其本质和真相，逻辑思维能力往往决定了对其的理解和判断的结果。要想客观准确地把握实质，就需要具备全面、深入的思考能力。

古人云：“为学之道，必本于思。思则得知，不思则不得也。”（出自宋代晁说之《晁氏客语》）文艺工作者只有通过深入思考，才能去粗取精，去伪存真，由此及彼，由表及里，让知识融会贯通，实现对事物认识由现象到本质的升华。马克思曾立下“思考一切”的座右铭，其卷帙浩繁的不朽著作，无不来源于他对客观世界和人类问题的深入思考。

在当今新时代，文艺工作者要有创造性的思考能力，要有书写生活的勇气和责任担当。歌德曾告诫青年作家：“要牢牢抓住不断前进的生活不放，一有机会就要检查自己，因为只有这样才能表明，我们现在是有生命力的；也只有这样，在日后的考察中，才能表明我们曾经是有生命力的。只有了解了生活，认识了生活，才能塑造出各种力量运动的碰撞，紧紧依靠生活和现实是文学的基础，超越生活，就是文学作品成为作品的根本条件。”

文学来源于生活，但是生活本身并不等于文学本身。文艺工作者既是生活的仆从，又是生活的主人。是生活的仆从，因为作家无法摆脱生活对他的影响和制约；是生活的主人，因为作家追求的是艺术的真实，他必然创造出一种生活之外的独特的文艺作品。文学和生活之间有一条不可逾越的鸿沟：生活一般是靠自己的力量生成的，是人创造的；文学

作品不是也不可能是对生活的简单模仿。歌德认为，文艺工作者写出的作品不是生活的自然的摹本，而是“第二生活”，吸收了许多生活的表面现象，从生活中摄取了“意义重大，有典型意义的、引人入胜的东西，甚至给它注入更高的价值”。

中国现代文学中，鲁迅笔下的阿 Q，老舍笔下的骆驼祥子，巴金笔下的觉新，都是典型人物，当代文学中的杨子荣、朱老忠、梁生宝、江姐等人物形象，之所以感动成千上万读者，产生经久不衰的艺术魅力，就在于作品背后的思想性。

文艺工作者要增强脑力，就要不断提升自己的艺术审美能力，包括艺术感受力、艺术判断力、艺术想象力、艺术创造力、艺术的细节等等。

## 四、增强“笔力”，就是要锻造履职尽责的过硬本领

笔力是语言文字表达和驾驭能力，它是创作人员的政治素养、思想意识、认知能力和学识水平等方面的综合体现。深入调查、细心研究、透彻观察和深刻分析最终要通过笔端传递出去，所以笔下功力很大程度上决定了作品的质量。古人称好文章是“天然放纵，极有笔力”，如果功夫差，则是“思之未精，笔力未至尔”（宋范仲淹《与韩魏公书》）。

增强笔力，是出好作品的关键，无论脚力、眼力、脑力如何，最终的成果都要通过笔力来实现。所以说，笔力如何，是检验一部作品水平高低的重要标准。魏巍创作的《谁是最可爱的人》让我们记住了志愿军战士的英雄形象，穆青创作的《县委书记的好榜样——焦裕禄》树起了领导干部的好榜样，优秀文学作品影响着一代又一代人努力奋斗、无私奉献。

强笔力，就要在出作品、求精品上见成效。那么，如何才能够见成效呢？我认为，应当做到以下五点：一是刻苦学习。著名画家李可染有一方印，刻有“废画三千”一词，便是激励自己用心苦学、全力创作、不怕失败的意思。艺术需要苦学，更需要苦练。诚然，理论要走在实践的前面，但是“绝知此事”仍需“躬行”。所谓“行万里路，读万卷书”“拳不离手，曲不离口”，学习这个词本身便很确切，不仅要学，还必须练习。故而，我们在文艺创作与探索中，一定要摒弃功利心，以踏实务实的工匠精神，潜心向实践学习，向书本学习。只有多学习，才能练就如椽之笔；二是勤奋创作。创作是学习的升华，只有多练笔、勤创作，才能提高实战水平；三是精益求精。要有“为人性僻耽佳句，语不惊人死不休”的精神，只有这样，才有可能创作出经典作品来；四是甘守寂寞。要有“板凳要坐十年冷，文章不写半句空”的心态，不慕虚名，不为虚利，厚积薄发，这样才有可能取得出人意料的成果；五是作家应该是一个“杂家”。凡是读过《红楼梦》的人，都会感到，作者曹雪芹是一个“专家”型的“杂家”，他对生活的熟悉，达到了一个无以复加的程度。他不仅精通诗词歌赋，就连中医药方、烹调技艺、建筑、账单、花草、服饰、方言俚语等等，都有精到的描写。

脚力、眼力、脑力、笔力是一个相互联系、相互促进、有机统一、密不可分的有机整体，是衡量一名文艺工作者综合素质、业务能力的重要标准。具体而言：脚力是眼力、脑力、笔力的基础，要想后面的三力过强，脚力就必须过硬，就必须“行万里路”，就必须“脚上沾泥、手上沾土”；眼力是脚力的升华，是脑力、笔力的保障，只有有过强的眼力，脚力才不会白费，脑力、笔力才不会“弱不禁风”；脑力是脚力和眼力的实现途径，它为笔力提供一定的滋养；笔力是前三力的聚合与凝结，是前三力综合成果的体现。“四力”也是一个链条，是个由浅入深的动态过程，一环紧扣一环，我们要不断地高度强化脚力、锻炼眼力、丰盈脑力、激扬笔力，这是新时代文艺工作者需要具备的基本素质，也是讲好中国故事、传播好中国声音的必然要求。

# 哭泣的共享单车

人在伤心的时候会哭泣，因为人是有感情的。

那么，没有感情的东西，也会哭泣吗？

“感时花溅泪，恨别鸟惊心”，杜甫《春望》里的名句似乎向世人诉说着什么……

在一个雨后初霁的午后，我推着自行车上了二环路过街天桥，就在准备下行的时候，耳边传来一句愤怒的吼声：“谁这么缺德，把单车扔到树上了！”话音未落，一个骑摩托车的中年男子由下而上冲了过来。我探头望去，在过街天桥旁边的一棵高高的云杉树上，一辆黄色的共享单车被云杉树伸展的枝杈托着，摇摆不定，随时有摔落下来的危险。一阵微风吹来，树叶上的雨水滴落在单车上，又似泪珠一样从单车滚落。

中年男子走了，我还在原地发愣，心想：扔在这么高的地方，可怎么弄下来呢？

这时候，一个年轻妇女骑着电动车上天桥了，车后边驮着一个约莫两三岁、头上扎着蝴蝶结的小女孩，母女二人也看到了这一幕。“妈妈，你看，小黄车在树上流泪呢！”“是啊，那是它在痛苦地倾诉呢！小黄车是人们的朋友，大家都要爱惜它，不该让它受委屈。”听了这对母女的对话，我不禁为孩子的同情心、为年轻妈妈的回答所感动。人被欺负，会被迫自卫反击；而共享单车被欺负，只有隐忍的份。

“忽如一夜春风来”，共享单车站并排。2016年伊始，共享单车瞬间红遍中国。在我居住的省会城市，满大街都是共享单车的身影。在校园、地铁站点、公交站点、居民区、商业区、公共服务区等许多地方，红的、黄的、蓝的，像朱自清笔下的春花似的，“你不让我，我不让你，都开满了花赶趟儿”。

科技改变生活。共享单车是互联网时代衍生出来的产物。共享单车方便、快捷，人们在很多地方可以找到它，并通过扫描二维码使用。

共享单车的出现，解决了居民出行“最后一公里”的问题，有助于建设一个低成本、高效率的社会，倡导了一种健康、环保的低碳生活方式。然而，这件惠及民众的好事却诱发了一些人的不文明行为。这些做法，令人啼笑皆非。有私自安装车锁的；有喷漆换肤的；有改装坐垫、后座据为私用的；有各种乱停乱放的，如将其遗弃在道路隔离带或高架桥匝道或丢弃在水沟；有恶意破坏如涂画号码、撞坏车轮的；也有骑着共享单车横穿马路，不守交通规则，不顾红绿灯的……

一开始，我对共享单车这一新鲜事物持一种漠视态度，对于破坏、故意损毁它的不文明行为也是视而不见、充耳不闻。因为，我对共享单车没有任何需求。我有一辆自己的自行车，无论上班下班，还是走大街穿小巷，风里来雨里去，都有它陪伴，夫复何求？

直到有一天，因为一件偶然发生的事，我尝试着骑过一次共享单车后，竟然有点喜欢上它了。

那是一个响晴天的上午，我骑自行车到单位办事，处理完手头的工作，已经是下午两点多钟了。当我走出办公大楼，准备回家的时候，却发现已是“天上下雨地上流”了。正应了那句老话：“天有不测风云。”

由于从家出来的时候，没有带雨具，我只好退回办公室，给在另一栋办公楼的同事打电话，想借一件雨披子，也好骑车回家。

当电话打给曾与我在一个处共过事的蒋处长时，他爽快地说：“你甭着急，等我下班了，开车送你回家。”听了他的话，我心里甜滋滋的：“真不愧是好同事，好朋友，遇事总能搭把手！”

五点钟，蒋处长担心下班高峰时堵车，特意请了假，开车到楼门口来接我。

这时，雨越下越大，地上的积水已经没过了脚面，汽车行驶时已激不起水花，倒像是在水底遇到了前进的阻力，速度变得迟缓起来。街头的车辆越聚越多，越多越聚，十字路口，红绿灯前，汽车排起了一条条长龙。平时从机关到西二环路桥下，用不了二十分钟的车程，此刻竟用了一个多小时。

恼人的雨，毫无减弱的迹象，路面上的水越积越深，已经接近了膝盖。“不好，前面好像出事故堵车了，我们绕行一下吧！”蒋处长说着，一打方向盘，汽车掉头往回开。

后来，车拐进一条南北街，开始还能够缓慢地向前行驶，等到达一个十字路口时，车又堵了。看这架势，一时半会儿通行不了。蒋处长摇下车窗玻璃，见雨已经不下了，而且路旁停放着一排共享单车，于是便用商量的口吻对我说：“要不，你骑一辆单车回家吧！不然，晚上十点钟也到不了家。”我说：“好的，就这样办吧！可是我没有骑过这种车子，不会摆弄呀！”“没关系，我骑过。”

我们一起下了车，走到一辆共享单车前，只见蒋处长掏出手机，朝一辆车子一扫码，车锁顿时打开了。“好了，你骑上走吧！路上多加小心！”“谢谢你，你也要注意安全！”我推起小黄车，挥手与蒋处长告别。

说实在的，第一次骑共享单车，觉得真不如自己的自行车好用，车把别别扭扭的，总往一边歪，就好像刚学蹬三轮车时一样的感觉。虽然如此，我心里还是很惬意的。在这大雨天，小汽车、公交车都无法正常行驶，它却可以顺利地把我送回家。由此，我体会到共享经济的发展，带来的社会的进步，带给人们的生活上的便利。

骑着共享单车一路行来，觉得自己仿佛跟上了时代潮流，过上了新颖时尚的生活，在互联网上也有了自己的定位，心情又爽快了许多。

打那以后，我开始关注起共享单车，思索着如何才能解决共享单车的乱象问题。

说来也是机缘巧合，2018 年 11 月 2 日，河北省人大常委会教科文卫委员会召开《文明行为促进条例（草案）》专家论证会，我被邀请参加了会议。在会上，我对该条例草案的条文内容、立法技术等发表了看法，并提出了一些修改意见和建议。同时，针对在共享单车上存在的不文明行为，建议增加一些这方面的指引性或者禁止性的行为规范。

当然，要解决共享单车存在的诸多问题，不仅需要提高公民素质和文明水平，更需要政府加强管理和引导，企业做到有序投放、有效管理，而这些，则需要政府以及有关部门通过制定行政规章来规范。

“积力之所举，则无不胜也；众智之所为，则无不成也。”一个和谐的社会，需要每个人的自律；一个文明的城市，需要每个市民不断提升文明素养。以爱的名义，给行为加个约束，让我们一起为共享单车“安家”，让它不再哭泣！

（本文刊载于 2018 年 11 月 26 日《燕赵晚报》第 16 版）

## 正是读写好时光

这一段时间，关于新冠肺炎疫情的消息霸占着整个互联网，各种媒体及自媒体反复告诫我们：待在家里就是对社会最大的贡献，不要去亲戚家拜年，也不要让亲戚朋友来家里走动。每个人都安心待在自己家里，每个人都时刻在关注着疫情的变化。

应当说，面对疫情，恐慌和焦虑是人类出于本能的应激反应，也是人体必要的自我防御。这场全民皆兵的攻坚“战役（疫）”，究竟还要打多久，我们无从研判。我们不是专业的医疗和科研人员，不免难以判定局势，会不知所措。

在这个漫长难熬的疫情防控时期，我反倒是认为，我们至少可以做好两件事情：一是可以阅读一些书籍或者观看电视连续剧等艺术作品，从中寻求必要的智慧和心灵的安顿，让我们能更加从容地应对困境；二是可以借此时机写点东西，锻炼提高自己的写作能力。

关于读书，有这样一段经典之语：“读书足以怡情，足以博彩，足以长才。”其怡情也，最见于独处幽居之时；其博彩也，最见于高谈阔论之中；其长才也，最见于处世判事之际。

我个人最看重的是读书有助于个人的修养提升，对于同一件事情，读书和不读书的人有着不一样的表达，这就体现出个人修养如何。网上曾流传过这样一个段子：儿子问爸爸：“我为什么要读书？”爸爸回答说：“我这么跟你说吧，你读了书，喝这杯茶的时候就会说，此茶口感饱满纯正，入口即化，圆润如诗，随之而来的是持久迅猛的回甘，茶汤橙黄透亮，幽香如兰，韵味十足，是难得一见的茶中佳品。而你没读书就会说，卧槽，好喝！真是太好喝啦！”虽然是段子，但也说明读书的人和不读书的人的修养是不一样的。

“闭门即是深山，读书随处净土。”明代文学家和书画家陈继儒在《小窗幽记》中的这句话，常被我们用以自况。然而，在疫情洪流席卷宇内的此刻，我们是否还能在书桌前安坐如山呢？在外界灾难的纷扰和心灵的安顿需求之间，我们该如何寻求平衡呢？这或许是每一位有责任感和独立精神追求的文人们的共同疑难。

我曾经长期从事教学工作，此后又长时间从事地方立法工作，我从未改变关注时政和社会议题的习惯，我为那些不顾个人安危、奋战在第一线的医护人员和人民子弟兵们点赞，为那些疾病患者忧虑神伤，也为疫情中暴露出来的弊病而痛心疾首。我每天都通过看《新闻联播》和中央人民政府有关部门举办的记者会、发布会，关心疫情防治情况和时事政治，因为我相信这些来自官方的声音都是准确的、及时的和正能量的。

在家“自我封闭”期间，我的读书和写作，从未因疫情而中断。相反，我每天都在有规律地进行着，从中外经典著作和近现代散文作家朱自清、杨朔、刘白羽、王愿坚等人的作品中寻找安顿和慰藉，但绝非虚无遁世。我的写作和思考始终紧贴着现实大地，常发思恋故乡、怀念童年之幽思，这或许是我们这些中老年作者的共同特点。

让我感到庆幸的是，在疫情到来之前，农历腊月二十六（公历2020年1月20日），我们全家和亲家（儿媳的父母）、内侄女等11人，在饭店隆重庆祝了我和老伴的金婚纪念日。春节期间，年三十和大年初一，我们是与儿子、儿媳和孙女一起幸福、愉快地度过的，女儿、女婿和外孙则回老家定州乡下婆家过年。

此后，来势凶猛的疫情改变了年味，按照上级部署，居家是我和老伴唯一的选择。其实，我平时就喜欢居家独处，但现在独处会多出一些忧患感。因为我的外甥一家三口有两口在湖北荆州居住，外甥女一家三口在湖北鄂州居住。年前，我小舅子一家三口去湖北恩施一个小山村探亲，被阻隔在那里无法返回。同时，远方和近处的疫情，网络时时可见身陷疫区的病患求医问药，看到这些也会令我有痛苦之感。

我的生活习惯仍然像平时一样，一成不变地阅读、写作、看电视。除了正月十五元宵节，我去小区内的蔬菜店买过一袋元宵之外，再没有下过一次楼。前两天，儿子开车为我们送来了各种新鲜蔬菜，足够我们一段时间的生活需求了。我和老伴都患有慢性病，但所用之药也早已准备充足了。

阅读是一件令我心神安定之事，我很早以前就买了《一生必读的60本书》（哈尔滨出版社出版）和《你一生应诵读的50篇散文经典》（北京图书馆出版社出版）两本书，但一直没有时间坐下来认真阅读。疫情期间，可以静下心来慢慢地阅读、消化和吸收。

《一生必读的60本书》一书遴选了60本传世经典，它们均为名家推荐的必读著作。例如，有着“两千年中国政治伦理与社会伦理的基石”之称的《论语》；无愧于“兵家韬略之首，人类智慧之源”的《孙子兵法》；欧洲长篇小说发展史上具有里程碑意义的《堂吉诃德》；开辟人类历史新纪元的《物种起源》；影响了无数人的中国四大古典名著；历经半个多世纪而畅销不衰的《飘》；值得你一生阅读并去体会的《小王子》……这些各具特色的书籍就像对我们有着不同助益的朋友，在青春年少时给我们以快乐和教诲，在黄昏暮年时更会给我们慰藉和关怀。

《你一生应诵读的50篇散文经典》一书精选了50篇中外最具经典性、艺术性、思想性的精美散文。内有名家评价、作者介绍、诗歌赏析、延伸阅读、趣闻逸事等内容，图文互动，应情应景，声情并茂，身临其境。阅读本书，不仅能让我欣赏到优美的散文名篇，还能让我通过作品把握作家的思想内涵和人生哲理，给我以启发和感悟，指引人生的航程。

写作是我退休以后“复辟”的少年之梦与青春理想。作为一名业余文学爱好者，我不需要再写别人想要我写的职场上的那些官样文章，只写自己想要写的。活到古稀之年，我已经不需要外部力量的教导和指引，当我决定坐下来书写的时候，所写皆是对我有价值和意义的。自疫情暴发以来，我已经撰写完成了30多篇散文和3篇随笔，其中《家乡的味道》《家乡的老屋》《柳笛声声》《守望相助是一份情怀》等6篇散文、随笔，发表在《燕赵晚报》《保定日报》《公民与法治》等报刊。其余的均发表在绝对文学、乡土文学、今日作家等公众号。这些散文和随笔发表之后，受到了广大读者，特别是亲朋好友和同事们的青睐与好评。

我始终认为，我的文章之所以受到好评，不是因为文章写得有多好，而是因为写出了自己的真情实感，道出了游子们的共同心声。更为重要的是，在病魔“逞凶顽”之时，它给宅在家里的人们送去了一份精神上的慰藉。

有人说，在灾难发生之时，读书与写作是毫无意义的。这是“奥斯维辛之后，写诗是野蛮的”逻辑的翻版。我的看法恰恰相反。无论何时，读书与写作对于每一个人来说，都是刻骨铭心的丰富阅历和宝贵财产。

（此文刊载于 2020 年《公民与法治》第九期）

## 守望相助是一份情怀

2020 年 3 月 26 日，党和国家主要领导人出席二十国集团领导人应对新冠肺炎特别峰会，向世界传递了中国人民的坚定信心。

同舟共济，出自《孙子兵法·九地》篇："夫吴人与越人相恶也，当其同舟共济，遇风，其相救也，如左右手。""济"为渡河之意。这句话是说，即使是有仇的吴国人和越国人，一旦他们同坐一条船渡河，遇到风浪也能够团结互助、战胜困难。以此说明，在艰险困难面前，只要同心协力，便能共渡难关。

守望相助，出自《孟子·滕文公上》："出入相友，守望相助，疾病相扶持。""守"即守卫，"望"即瞭望。这句话是说，乡人们平时出入相随，彼此亲近和睦，共同守卫瞭望，以此防御外贼，有人生病也互相照料。后来"守望相助"演变为成语，用来形容相互帮助。

守望相助，是人与人之间宝贵的情感。这份情感中包含着互助，充满了友善，也凝结着真诚。在抗击新冠肺炎疫情中，我们再一次感受到了守望的力量。

庚子春节，突发的新冠肺炎疫情，打乱了我们的生活节奏，威胁到了我们的生命安全。为了打赢湖北保卫战、武汉保卫战，国家开足马力，社会各界广泛动员，无数力量向湖北汇集，无数暖流向武汉涌动。全中国人民万众一心、众志成城，用实际行动告诉世人，什么是一方有难、八方支援的民族精神，什么是同舟共济、守望相助的家国情怀，什么是集中力量办大事的制度优势。

中国人民是具有伟大团结精神的人民。从“一个篱笆三个桩，一个好汉三个帮”的朴素道理，到“积力之所举，则无不胜也”的金玉良言，再到“你中有我，我中有你，谁也离不开谁”的中华民族共同体意识，团结友爱、互帮互助是中华民族一以贯之的文化基因。

社会主义制度是具有显著优越性的制度。在疫情面前，全国各族人民心往一处想、劲往一处使，人财物各种资源快速向湖北进发，不仅展现了中华民族团结互助的传统美德，也是中国特色社会主义制度独有优势的彰显。其背后是社会主义制度坚持全国一盘棋、调动各方面积极性、集中力量办大事的显著优势，是社会主义制度的强大领导能力、组织动员能力、贯彻执行能力。

中华民族历史上经历过很多磨难，但从来没有被压垮过，而是愈挫愈勇，不断在磨难中成长、从磨难中奋起。只要全国一盘棋、万众一条心，守望相助、彼此温暖，中华民族就没有克服不了的困难，就没有到达不了的山巅。

当“武汉，我们在一起”“湖北，我们在一起”的呼喊响起时，我们就看到了更多的守望。有了这份守望，我们在前进道路上，无论遇到多大的艰难险阻都不会孤单；有了这份守望，我们就能战胜一切困难。

这份守望也出现在城市的各个角落。

午夜，疲倦的护士从医院出来。白天，她已经劳累过度，此刻她需要回到驻地，暂时远离病人的呻吟，她需要重新蓄满能量，只为第二天更好地投入战斗，这是一份守望。

凌晨的蔬菜棚里，菜农正在连夜采摘新鲜的蔬菜，争分夺秒地运往武汉，只为让城里的同胞吃上新鲜蔬菜，他们不求回报，这是一份守望。

医护人员面对愁苦的人们，组织跳舞唱歌，带动病人的积极情绪，因为他们知道在疫情最前沿，心理疾病又何尝不会摧毁身体，这是一份守望。

在方舱，一个青年依然在阅读，他懂得定神来专注于所爱事物，这也是一种瓦解疫情期间心理压力的方式，这也是在守望。

志愿者车队冒着风险来了，他们提供了免费的接单服务，他们联络了快餐连锁店提供餐食，他们联络了理发师，他们联络了物资供应，他们联络了摩的打车，他们尽一切所能，满足医护人员的基本生活需求，他们也是在守望。

那些农民工大哥坚持在雷神山医院工地劳动，最后还捐出了全部工资用于抗疫，这是一份守望。

高速公路上，一辆辆货车长途跋涉、不眠不休地赶往武汉运送物资，他们冒着生命危险，原本可以坐在家里，却选择了发挥自己的力量，做力所能及的事情，这是一份守望。

车站门口，一个个志愿者在执勤，登记进出人员的体温信息，检查身份证，提醒大家注意防护，而自己却置身于这有可能被感染的危险境地，他们舍己为人，他们没有休春节假，一直站在自己的岗位上兢兢业业工作，这是一份守望。

检疫站的人员坚守岗位，任寒风吹彻长空，任飞雪凌厉攻击，他们的身子一直没有离开那张简易的木凳，这是一份守望。

那些拿着体温测试枪站在小区门口的人，那些奔忙着为居民背菜送粮的人，他们也是在守望。

那些捐赠善款、捐献医疗物资、连轴转地生产医护产品的人……他们发挥了一个普通人最大的力量，他们也是在坚持守望。

正是有了这许许多多的守望，我们才不惧疫情，才能在困难中奋起。我们应该铭记这些在不同的工作岗位上坚持守望的人们。

人类在大自然面前是何其渺小，灾难终究会过去，我们不应该遗忘这个冬天的一切，我们应该铭记在这场战役里的一切良善！我们应该更加热爱生命，懂得与大自然共生，善待野生动植物；我们应该更加努力学习，掌握科学知识和提高技术水平，对自己的业务能力提出更高的要求；我们应该更加珍惜身体健康、平淡平安的日子，关心粮食和蔬菜，听听花开的声音，散散步，爬爬山，享受简单的快乐……

守望相助，是中华民族的光荣传统，也是我们生生不息的情感基因。不论是从原始的生产方式和生活情景到农耕文明的演进，还是从工业文明到现代文明的嬗变，都离不开集体力量和社会能量，团结一心、邻里互助、雪中送炭是广受称赞的美德，“人多力量大”是老百姓口口相传的朴素观念。

有了这份守望相助的情怀，我们在前进道路上，无论遇到多大的艰难险阻都不会孤单；有了这份守望相助的情怀，我们就能战胜一切困难，迎来“百花盛开春满园”。

# 跋　人如高山仰止，文如流水行云

## ——李进章及其散文随笔集浅议

映潭

欣闻李进章老师的散文随笔集《人生小舞台》将结集出版，欣喜之情，溢于言表。不能不说，这是作者多年伏案笔耕的硕果；这是作者几度春秋呕心沥血的结晶！

笔者和李老师相识、相知、相交于绝对文学微信公众号。彼时，本人偶有文字被选用，李老师的文章频发，一来二往，彼此了解渐深。文章使我们结缘，文章使我们相亲。李老师的散文，我几乎全部读过，一言以蔽之：似醇酒、若香茶，细细品味，让人近乎陶醉、意犹未尽、余味无穷。

几年网络相处，深知李老师正直、善良、博学、睿智，颇有大家风范、学者风度；为人处事，泾渭分明；待人接物，仗义慷慨、大气谦恭。其文深受广大读者喜欢，其人深受社会贤达的尊重。

李进章老师早年身居乡村，当过公社协助员、民办教师、县教育局文员。1978年国家恢复高考，他以初中学历考入大学，成为当时全乡的文科状元。自此，他便如鱼得水，以其丰富的学识和超凡的能力，受到领导赏识和重用：先是留校任教、担任系副主任，成为全校第一个“河北省优秀教师”；后被司法行政系统领导看中，选调到司法学校担任校长，带领全体教职员工，经过不懈努力，将一所普通中专升格为省部级重点学校，使学校荣获省级文明单位称号，并被司法部授予集体一等功、个人二等功；进入地方国家权力机关之后，长期从事地方立法工作，屡有创新发展，曾被中共河北省委表彰为“思想政治工作先进个人”。

2011年退休后，李进章老师继续发挥余热，担任河北省立法研究会副会长，河北经贸大学兼职教授、硕士研究生社会导师。工作之余，他广交八方文友，结缘贤达名人。笔耕不辍，泼墨撰文，著书立说，出版作品，在报刊网络刊发文章，其文章篇篇引人注目，吸引读者如云，留言赞赏者数不胜数。长城内外，大江南北，燕赵浙皖，齐鲁三晋，不乏粉丝知音。

此次李老师大手笔，一举推出两部散文集：一部《最忆是故乡》，分为故园情深、亲吻大地、花木逢春、远方的家、低吟浅唱等五个专辑，收入35篇散文；另一部《人生小舞台》，分为人生修炼、圆梦今生、大爱无疆、江山多娇和浮光掠影等五个专辑，收入26篇散文和随笔。两部新书相互辉映，相得益彰，令人期待。

综观《人生小舞台》一书所精选的散文及随笔，或叙事，或抒情，或追忆往事，或浏览世情，无论何种体裁，何种方式，无不表达其对党、对祖国和人民的热爱，对故乡的眷恋，对记忆中美好事物的依依之情。文章有的托物言志，有的借景抒情，有的叙议结合，有的放笔铺陈，篇篇都不是空洞说教、无病呻吟。写人生修炼，独善自养，正身清心，谦卑自牧，养一身浩然气，二袖清白风。叙圆梦今生，立志如山，行道如水。不如山，不能坚定，不如水，不能曲达。始终相信心的力量，如夸父逐日不停步，精卫填海不懈怠，循着微光去追求那份积存已久的渴望。话大爱无疆，唯德首善；唯仁报恩，尊老敬长；唯诚守信，正气颂扬；唯志高远，学海无涯；唯忠不屈，铮骨苍苍；唯孝修身，责担于肩；唯礼崇尚，文明传衍。绘江山多娇，纵横古今，俯览万里，看我泱泱中华，山水田园，秀美壮丽，嘉峪山海，长城内外，千秋各有。更兼青藏屋脊接天露，东南平川拾海珍，爱国之情，澎湃激荡。话掠影随笔，颇有“片言可以明百意，坐驰可以役万景”“一语天然万古新，豪华落尽见真淳”之味。读者阅其书，品其文，如闻其声，如见其人，如临其境。唯其如此，方显出作品之隽永、恢宏、深邃，方能使人产生强烈共鸣。

《人生小舞台》这本散文集，唯美、怀旧、抒情、写意。篇篇仿佛高山流水，清澈明净。既不滥用辞藻、故弄玄虚，也没有晦涩费解词句，语言朴实生动，多是娓娓道来，引人入胜。

“江山代有才人出，各领风骚数百年。”如今，李进章老师已年近古稀，但身体强壮、精神矍铄、才思敏捷、佳作频频。闲言恕不赘述。期盼新书早日问世，期盼李老师“岁临夕阳人不老，文苑群芳再攀峰”。

# 后记

这本《人生小舞台》散文随笔集，是我 2011 年退休之后，于第二年重新捡拾起年轻时的文学创作之梦以来，写作的第七本书，出版的第五部书籍，也是我成为河北省作家协会会员之后的第四本书。这时，我已年近古稀。能够在如此高龄，有旺盛的创作欲望和动力，是因为我对文学创作爱得痴迷，爱得深厚。

我从中学时代，就喜欢上了文学创作，亦曾有处女之作在县文化馆油印的《安平文艺》上发表。1978 年考上大学之后，由于对所学专业开始不感兴趣，加之大学里有的是自由支配的时间，于是除了写了一部中篇小说之外（因故丢失），各种体裁的文章都写，诸如影评、剧评、杂文、故事……累计起来有 50 多篇。其中，最具影响力的当属《评话剧"救救她"》，曾发表在《石家庄日报》头版头条，占据了半个版面，编辑还给配发了一幅剧照，我也因此文而一举成名，被该报聘为骨干通讯员。最成功的一篇通讯报道，是中国女排在日本夺得第一个世界冠军之后，我一挥而就的文稿，让几个年轻同学连夜送往各个媒体。第二天，河北电台、石家庄电台、《河北日报》《石家庄日报》《建设日报》（属石家庄地区）5家新闻媒介同时播出或发表。

到了大三之后，由于开始讲授专业课了，我这才“金盆洗手”，从此以后与文学创作“彻底绝缘”。因为我清楚地知道，作为一个农民的儿子，能够以初中学历考进大学，肩负的是祖国和人民的希望，家庭的重托和自己的前程，我既然没有如愿进入大学中文系，那么我就应当学好自己的本专业，而不能够在写作这条道路上继续走下去。1982年，我毕业留校任教，繁重的教学任务，评聘职称对论文、学术著作的严苛条件，使得我把写作爱好完全禁锢起来，就像一个虔诚的佛教徒，再也不敢妄生邪念，去动写作这道荤腥……一直到2011年退休之前，我都全身心地投入到自己的事业中去，兢兢业业，无私奉献，做出了骄人的成绩，向党和人民交出了一份合格的答卷……

2011年退休之后，第二年，我开始尝试着写纪实性回忆录，先后写出了《风雨少年行》《珍藏岁月的痕迹》，出版了93万字的《释怀人生》（全二卷）纪实性回忆录。我的写作的热情不断高涨，八年来，我先后创作了200余篇散文、小小说、随笔等，原创发表在我的卧虎湾、绝对文学、乡土文学、今日作家等多个公众号上，而后有一部分散文和随笔，在《老人世界》《公民与法治》《衡水文学》《荷花淀》《安平文学》等刊物上登载，在《燕赵晚报》《保定日报》《衡水晚报》《衡水晨报》等报纸上发表。

成为河北省作家协会会员以来，我的《童年那些事》《小院几度桃花红》两本散文集，已由花山文艺出版社出版，《最忆是故乡》《人生小舞台》两本散文精选集也将面世。

如今社会，人心浮躁，喜欢读书的人少了，即使是著名作家，他们的书，也很少有人认真阅读，更不要说新人新作了。既然鲜有读者，那么出书的意义就会大打折扣。至于我出版的书，我只想将它们赠送给几个设区的市和学校图书馆收藏，送给亲朋好友、同学、学生、文友等共同分享写作的乐趣。

我认为，作家的写作离不开他所经历的生活，以及闻听过、思考过的人生。有生活才有经历，有经历才有感受，有感受才有表达的冲动，有冲动才有最终的纸端文字。

常有朋友问我：你整天伏案写作难道不累吗？不费脑筋吗？其实，不仅对我，对于所有作家而言，写作苦累是肯定的，颇费一番脑筋也是必然的。不然凭空就能够写出文章来吗？但是，能用文字来表达和倾诉自己的经历，能用文字将所见所闻、所思所想梳理成传世之作，是极其快乐的一件事，也是极富成就感的一件事，其中的甘苦只有自己才知道。

今后，我将会以更加明亮透彻的心扉，继续在文学百花园漫步，采撷美丽与真实，让心皈依，明心见性，自性清静。在文字里修行，行至人生之极境："忘我而无我，终至无我而尽乐。"

拙作《人生小舞台》即将付梓，也让我在这本散文随笔集中获得了一点心理安慰，因为书中所有文章都是积极向善的，这当然体现着我写作的初衷。我从散文随笔的写作中获得了这样的感悟：人类社会的文明是不断发展进步的。因此，作家应当善于捕捉美好的情境，保持良好的创作心态和饱满的创作激情，用文字表现人性的美，描绘山河的美，留住光阴的美。这是作家的责任。

感谢我的文友映潭（微信名）先生，不辞辛劳，为拙作所作的真情流淌、充满友谊的跋。映潭先生是一个人品、文品俱佳，受人敬重的退休园丁，与我相交甚笃，再三叮嘱我不要用其真实姓名，我只得俯首听命。

感谢凌翔老师严谨认真、兢兢业业的精神，这种精神，其实也是对作者和读者高度负责的表现。

感谢本书责编老师以严谨的工作作风，精益求精地反复审阅书稿，为保证图书的质量所付出的努力。